ouvelle Collection illustrée. L'ouvrage complet **95** centimes.

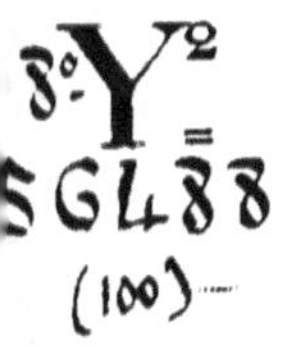

FRANÇOIS COPPÉE
DE L'ACADÉMIE FRANÇAISE

Longues et Brèves

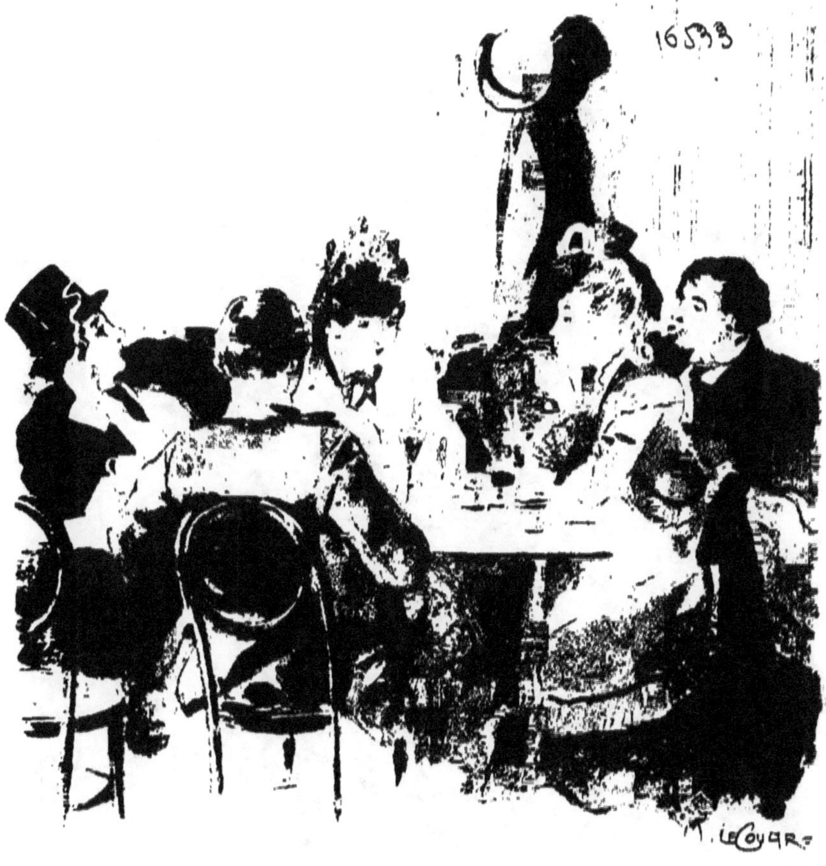

Calmann-Lévy, Éditeurs

LONGUES ET BRÈVES

Paris. — Imp. L. Pocuy, 52 ,rue du Château. — 494-15

FRANÇOIS COPPÉE

DE L'ACADÉMIE FRANÇAISE

Longues et Brèves

ILLUSTRATIONS

DE

M. LECOULTRE

PARIS

CALMANN-LÉVY, ÉDITEURS

3, RUE AUBER, 3

Propriété de la Librairie Lemerre

UNE FAUTE DE JEUNESSE

A André Theuriet.

I

Henri Luc, pour aller du faubourg Saint-Jacques, où il nichait dans un grenier, à la rue du Regard, où logeait M. le comte de Vindeuil, traversait le Jardin du Luxembourg, que le mois d'avril avait déjà paré de feuillages tendres et de frais lilas. Le vent était aigre ; les nuages violets, et gros de giboulées, couraient vite. Mais ils laissaient voir des espaces de ciel bleu, des « culottes d'ange », comme disent les bonnes gens ; et le soleil, qui souriait par intervalles, était déjà tiède et promettait la prochaine arrivée du printemps.

Ces claires matinées, qui réjouissent les vieux flâneurs, n'ont rien d'agréable pour un jeune homme fier, pauvre et mal mis, comme était Henri Luc. Au grand soleil, sa redingote lui parut plus râpée, ses gants plus flétris et la fente de sa bottine droite plus visible. Il se dit que, pour la démarche qu'il allait faire, sa tenue était à peine décente, et il se sentit plein de découragement. Ce M. de Vindeuil, à qui cependant il était chaudement recommandé, le prendrait sans doute pour un claquepatin, pour un bohème, et l'éconduirait. Allons, c'était trop beau, cette place de secrétaire. Dix-huit cents francs, seulement pour quelques heures d'occupation par jour, cela eût pourtant fait joliment son affaire. Il aurait pu se remettre au travail, piocher sa licence et son agrégation. Mais non, le guignon s'acharnait après lui. Il manquerait encore cette bonne aubaine, à cause de ses chaussures trouées ; et il lui faudrait de nouveau courir le cache', vendre au rabais son grec et son latin, ou, ce qui serait pis, rentrer comme pion dans quelque pensionnat, dans quelque « four à bachot ».

Pour se donner un peu de confiance et d'espoir, Henri Luc s'arrêta un moment, tira de sa poche la lettre — non cachetée — du vieux M. Berthier, son ancien professeur de rhétorique, qui l'introduisait auprès du comte de Vindeuil, et la relut avec attention.

Elle était conçue en ces termes :

« *Paris, le 15 mai* 1874.

» Monsieur le comte et cher ancien élève,

» Voici le jeune homme de qui je vous ai parlé. Je le tiens pour un des sujets les plus distingués qui se soient assis sur les bancs de notre vieux lycée Henri IV. Il y a fait ses études en qualité de boursier, et, il y a dux ans, comme il venait de passer son baccalauréat ès-lettres, il a perdu sa mère, une pauvre veuve, vivant d'une pension de l'État qui s'est éteinte avec elle. Henri Luc s'est trouvé alors tout à fait dépourvu de ressources et a courageusement gagné sa vie en donnant des leçons, ce qui n'est rémunérateur pour personne et surtout pour un très jeune homme. Il n'a pas réussi, l'hiver dernier, à son examen de licence ; mais il réparera cet échec, j'en suis certain, car il sait beaucoup. Je le pousse à préparer aussi son agrégation, qui lui permettra de suivre sa carrière dans l'Université. Il lui faudrait, pour cela, pendant deux ou trois ans, une besogne qui ne l'absorbât pas, qui lui laissât du temps. Quand vous m'avez dit que vous cherchiez un secrétaire, j'ai tout de suite pensé à Henri Luc. Je me porte garant de son intelligence, de son zèle et de ses sentiments d'honneur. Vous n'aurez qu'à vous louer de lui, et vous lui rendrez un grand service.

» Le seul point délicat, sur lequel j'ai, l'autre jour, appelé déjà votre attention, c'est que Henri Luc, comme la plupart des jeunes gens d'aujourd'hui, a été élevé dans les principes les plus libéraux. J'ajoute bien vite que, malgré son jeune âge, il est plein de tact et de réserve, et qu'il ne dira jamais une parole qui puisse offenser votre foi ou vos convictions. Je sais aussi que leur fermeté n'a d'égale que votre tolérance. La preuve, c'est que je suis moi-même libre penseur et républicain, et que cela n'a jamais altéré en rien l'amitié que vous portez à votre vieux maître. C'est à cette amitié que je m'adresse pour vous prier de résister au désir très légitime que vous pourriez avoir de choisir un secrétaire qui partage vos idées politiques et religieuses, et de donner la préférence à mon protégé, que je considère, je vous le répète, comme un esprit d'élite, comme un jeune homme du plus grand avenir. D'ailleurs, je me reproche d'attacher tant d'importance aux opinions, et, pour mieux dire, aux tendances d'un enfant de dix-neuf ans. A mon point de vue, je devrais plutôt craindre qu'il n'en changeât, si vous l'admettez dans votre vie intime. Car — je le dis sincèrement — le spectacle de vos vertus chrétiennes et de votre dévouement si fidèle et si désintéressé à la cause royaliste ne pourra que pénétrer mon jeune ami de respect et d'admiration.

» Veuillez agréer, monsieur le comte et cher ancien élève, l'expression de mes sentiments les plus affectueux.

» L. BERTHIER,
» Professeur de rhétorique au lycée Henri IV. »

Un peu rassuré par la lecture de cette lettre, à la fois chaleureuse et adroite, Henri Luc se remit en marche et arriva bientôt rue du Regard à l'adresse indiquée.

C'était un magnifique hôtel, dans le goût lourd et pompeux du Grand Siècle, et le jeune homme sentit redoubler son anxiété, en franchissant la porte monumentale. Mais, dans cette demeure princière, le comte de Vindeuil occupait seulement, à titre de locataire, un fort modeste logement, qui était situé au-dessus des remises et auquel on accédait par un étroit et raide escalier. Les quatre pièces de cet appartement en enfilade, petites, basses de plafond et incommodes, avaient pourtant un charme. Toutes leurs fenêtres s'ouvraient sur un jardin planté de vieux ormes, où les ramiers faisaient leurs nids.

Au coup de sonnette de Luc, un domestique à moustaches d'ancien soldat vint ouvrir immédiatement, et, dès que le jeune homme se fut nommé, lui fit traverser une antichambre et une salle à manger dignes d'un petit bourgeois, et l'introduisit dans la troisième pièce, où se trouvait le maître du logis.

Tendu d'un méchant papier vert et encombré de casiers, de registres et de cartons, le cabinet de M. de Vindeuil faisait songer, au premier coup d'œil, à l'antre d'un usurier. Mais cette impression était aussitôt corrig'e par les deux belles gravures de la muraille, — portraits du pape Pie IX et du comte de Chambord, chacun enrichi d'un précieux autographe, — et par une tête de Christ en bois sculpté, douloureux et pathétique chef-d'œuvre de l'Espagne du XVIe siècle, posé tout à cru sur l'affreuse tablette de marbre porter de la cheminée. Malgré la poussière et les paperasses qui les souillaient, les fauteuils, les chaises, et surtout le bureau Louis XVI, orné de cuivres délicats, avaient l'aspect honorable de vieux meubles de famille. Le désordre de ce logis, qui aurait fait dresser les cheveux d'une ménagère hollandaise, offrait d'étranges contrastes. Une bouillotte de cuisine chantonnait devant le feu ; un miroir à barbe, évidemment acheté à la boutique à treize, pendait à l'espagnolette, tandis que, sur un petit guéridon, le papier crevé d'un rouleau de mille francs avait répandu quelques louis à côté d'une boîte de havanes. Toute la chambre était pleine, d'ailleurs, d'une brume parfumée, évidemment due à l'un de ces cigares de choix.

A l'entrée de Luc, M. de Vindeuil, qui écrivait en fumant, se leva, et, quand il eut débarrassé l'un des fauteuils d'une pile de dossiers :

— Vous êtes sans doute, monsieur, le jeune homme envoyé par monsieur Berthier ? demanda-t-il.

— Lui-même, répondit l'étudiant, qui présenta sa lettre de recommandation.

Le gentilhomme lui indiqua le siège libre d'un geste courtois, s'assit à son tour, et, tandis qu'il lisait, Luc put l'examiner tout à son aise.

Ce qui étonnait, d'abord, dans le comte de Vindeuil, alors âgé de quarante-cinq ans, c'était son extrême maigreur et sa taille démesurée. Sa tête très petite, son torse très mince, son dos un peu vouté déjà, ses jambes et ses bras trop longs, lui donnaient l'aspect dégingandé de l'insecte bizarre qu'on appelle le faucheux. Mais, après cette première surprise, et bien que M. de Vindeuil usât jusqu'à la corde ses redingotes noires et laissât moisir à sa boutonnière ses rosettes de la Légion d'honneur, il fallait reconnaître en lui un homme de race, un aristocrate. Ses bottes de fatigue ne parvenaient pas à dissimuler tout à fait la forme élégante et la petitesse de ses pieds. Quoique sortant de manchettes d'une propreté parfois douteuse, ses mains aux doigts fuselés, presque transparentes, étaient délicieuses. Mais le visage surtout offrait une expression charmante d'énergie et de bonté. M. de Vindeuil ressemblait à un Henri IV blond, et, comme certains sanguins à teint rose, il gardait un air de durable jeunesse. Les yeux verts étincelaient, le nez en bec d'aigle, aux narines passionnées, respirait le courage. Mais, dans la barbe légère, la bouche, fine et sensuelle, avait un demi-sourire, tout ensemble fier et bienveillant, d'une sympathie irrésistible. Seule, dans cet aimable visage, la flétrissure des paupières dénonçait la trace de l'âge, et aussi des larmes ; car M. de Vindeuil avait cruellement souffert.

En le considérant, Henri Luc sentait s'évanouir sa défiance de jeune et hargneux démocrate. Oui, c'était bien là l'homme dont M. Berthier lui avait raconté l'admirable vie.

Appartenant par le sang et par les alliances de sa famille à la meilleure noblesse de France, le comte de Vindeuil, dans les premières années de sa jeunesse, avait servi avec distinction aux chasseurs d'Afrique et avait même été décoré pour une action d'éclat. Puis il s'était marié, avait donné sa démission de lieutenant et était devenu père de deux jeunes filles. En 1870, il avait repris du service comme commandant d'un bataillon de mobiles, s'était battu comme un preux, et, le soir de la bataille du Mans, où il avait reçu deux blessures graves, Chanzy lui avait apporté la croix d'officier sur la paille de l'ambulance. Après la guerre, retiré dans sa terre patrimoniale de Vindeuil, en Berry, une épouvantable catastrophe l'avait accablé. Ses filles, toutes deux phtisiques, étaient mortes à quelques mois de distance, et sa femme, qui avait en elle le germe de l'impitoyable maladie, les avait suivies de près. M. de Vindeuil avait toujours été d'une haute piété. Elle le défendit du désespoir et lui dicta, pour combler le vide de son existence, une résolution digne d'un chrétien. Abandonnant à jamais son pays natal, sa maison de famille, désormais peuplée de spectres, il vint à Paris, sûr d'y trouver plus de misère qu'ailleurs. Il s'y établit très modestement et consacra toute son activité et tous ses revenus, qui étaient assez considérables, aux pauvres, aux malades, et particulièrement aux phtisiques. Selon l'énergique expression du vieux professeur de rhétorique, le comte de Vindeuil se rua dans la charité.

Il entra dans toutes les sociétés de bienfaisance, sans excepter les laïques, et il en devint aussitôt le membre le plus actif et le plus zélé, bien qu'il fût extrêmement pris, d'autre part, par ses bonnes œuvres personnelles. Tous les matins, de huit à dix heures, et tous les soirs, de quatre à six, c'était, dans son étroit logement de la rue du Regard, un défilé de prêtres, de religieuses et de mendiants de toute espèce. Le reste du temps, M. de Vindeuil courait par la ville pour visiter ses amis les besogneux et les souffrants, grimpait des étages, entrait dans des mansardes, dans des galetas, s'asseyant seulement quelquefois au chevet des grabataires. Devenu très avare de son bien, depuis que c'était celui des malheureux, il s'interdisait jusqu'à la dépense d'un fiacre, et l'on ne rencontrait plus, par les rues, que sa longue personne, toujours affairée, le parapluie sous le bras, filant le long des trottoirs ou sautant dans les tramways. Il ne s'accordait qu'un quart d'heure pour chacun de ses repas. Et quels repas ! Toujours servis froids, toujours en retard. Dans sa fièvre charitable et aussi par un calcul de sa généreuse ladrerie, il en était arrivé — lui, l'ancien clubman, l'ex-beau cavalier — à négliger tout à fait sa toilette. Mais il avait quand même grand air sous son vieux chapeau et sous sa redingote de la *Belle Jardinière*, blanchie aux coudes ; et le geste d'exquise politesse avec lequel ce monsieur, long comme une perche et crotté jusqu'aux yeux par les jours d'averse, passait, dans l'omnibus, la monnaie de ses voisins au conducteur, trahissait tout de suite l'homme bien né et de haute compagnie. Le seul luxe auquel il n'eût pas renoncé, c'étaient ses excellents cigares ; car il avait toujours été grand fumeur, et fumeur difficile. En dehors du sommeil, les seules heures de repos de M. de Vindeuil étaient celles qui passait, tous les dimanches, à Saint-Sulpice, où il assistait dévotement à la grand'messe et aux vêpres. Même en pleine canicule, il ne quittait point Paris, où le retenait sa clientèle, et ne faisait, tous les deux ou trois ans, qu'une absence de quelques jours, pour aller, selon son ancienne habitude, à Frohsdorff, présenter ses hommages au comte de Chambord. Telle était la noble existence de ce parfait gentilhomme, de cet héroïque soldat, qui finissait comme un saint.

Après avoir lu la lettre de M. Berthier, le comte la jeta sur son bureau, tourna son fauteuil vers le visiteur, croisa ses interminables jambes qui semblaient toujours un peu l'embarrasser, et sourit à Henri Luc avec bienveillance.

— Eh bien ! mon cher enfant, dit-il d'une belle voix de médium, pleine de franchise, c'est chose faite, et vous êtes mon secrétaire. La recommandation de mon cher et vieux maître est toute puissante sur moi ; car, quoique nous ne partagions pas les mêmes convictions, je le regarde comme un homme de bien dans toute la force et dans toute la beauté du terme, comme un homme d'or, et l'estime que vous lui avez inspirée vous assure d'avance de la mienne... Vous entrerez en fonctions dès demain matin.

IL S'ÉTAIT BATTU COMME UN PREUX

Devant le sourire heureux qui éclaira la figure du jeune homme, M. de Vindeuil frotta ses belles mains l'une contre l'autre avec satisfaction.

— Vous avez été élevé, continua-t-il, dans les idées modernes. Si vous le permettez, nous n'agiterons jamais ensemble les questions politiques et religieuses. Vous vous apercevrez bientôt que nous aurons, tous les deux, mieux à faire que du prosélytisme... Vous savez, d'ailleurs, dans quelles conditions vous entrez chez moi?... Elles vous conviennent... c'est à merveille... Parlons maintenant de votre besogne... D'abord, ajouta-t-il en promenant un regard un peu honteux autour de lui, je vous prierai de ranger ce capharnaüm... Ah ! malheureux jeune homme, vous allez en avaler de la poussière!... C'est même le désordre de ces papiers qui m'a décidé à prendre un aide... J'hésitais beaucoup. Le peu que je puis vous offrir comme traitement — et je m'en excuse — représente tout de même une dépense, et j'ai tant de monde à contenter... Longtemps, j'ai administré tout cela moi-même... Mais il faut être raisonnable. Je n'y suffis plus. J'ai trop de courses à faire... Et puis, l'ordre, le classement, j'en conviens, ce n'est pas mon fort... Chaque matin, pendant que je recevrai mes visites, vous mettrez à jour la correspondance, vous tiendrez de nos deniers une petite comptabilité... Oh ! soyez tranquille, je sais que vous avez à travailler pour vous-même et je ne vous accablerai pas... Et, en vérité, mon cher enfant, vous me serez on ne peut plus utile.

M. de Vindeuil mettait dans ses paroles tant de bonhomie, il était pris d'une si charmante pudeur quand il était obligé de faire allusion à ses bonnes œuvres, que Henri Luc, de tempérament peu sensible, fut pourtant ému.

— Monsieur, répondit-il avec assez de chaleur, c'est moi qui resterai votre obligé. La position que vous m'offrez est modeste, mais suffisante. Elle me permettra de poursuivre mes études, de préparer mon avenir... Je ne l'oublierai pas... Quant au travail dont vous voudrez bien me confier

une humble part, je sais d'avance combien il est intéressant. Il s'agit, n'est-il pas vrai? de la répartition de vos aumônes... Monsieur Berthier ne m'a pas laissé ignorer que votre bienfaisance...

Mais, à ce mot, M. de Vindeuil se leva brusquement, et, interrompant Henri Luc :

— Ne parlons pas de cela, dit-il, repris par sa touchante modestie d'homme de bien ; ne parlons pas de cela... Nous nous convenons tous les deux, voilà l'essentiel... Maintenant, mon jeune ami, je vais être forcé de vous renvoyer. Car je n'ai pas encore déjeuné, et il faut que je sois, avant midi, tout en haut de la Villette... A demain, je compte sur vous... Et, encore une fois, apprêtez-vous à gober de la poussière.

II

L'enfance et les premières années de jeunesse de Henri Luc avaient été extrêmement dures.

A Henri IV, il était le boursier qui obtient tous les prix et qui n'a que dix sous par semaine pour ses menus plaisirs. Sa mère, femme d'énergie, ne le demandait jamais au parloir, pour ne pas mêler son deuil fané de pauvresse aux toilettes des autres visiteuses. Pendant les vacances, il restait à Paris avec elle, dans le petit logement propre et triste qu'elle habitait au fond de Vaugirard, et il y passait tout le jour sur ses livres, comme au lycée. Très laborieux, très intelligent, il avait pu sauter sa « troisième » et reprendre bien vite, quand même, la tête de sa nouvelle classe. Les professeurs faisaient le plus grand cas de Henri Luc, mais ses camarades l'aimaient peu, à cause de sa réserve et de son humeur silencieuse. En général, on exalte, un peu niaisement, les luttes scolaires, l'émulation entre les collégiens. Chez certaines natures, ce système développe surtout l'ambition et l'orgueil. Orphelin à dix-sept ans, Henri Luc était seul au monde, avec un diplôme en poche. Il accepta, bravement et froidement, cet austère début dans la vie. Nourri — mal — par quelques rares leçons, imposant silence aux premiers grondements de ses appétits, il devint un lecteur assidu des bibliothèques publiques, s'y bourra le cerveau des doctrines qui flattaient son instinctif mépris des hommes et son espoir de revanche contre une société marâtre. Enfant, il n'avait que machinalement répété ses prières ; à dix-huit ans, il devint foncièrement athée. En politique, il rêva passionnément un état légal, très différent de notre démocratie dérisoire, où nul ne pourrait vraiment rien obtenir que par son seul mérite, sa valeur personnelle ; mais il s'accordait secrètement, pour son compte, comme tous les ambitieux, le droit d'abuser de sa force. Son échec, immérité d'ailleurs, quand il se présenta pour la licence, lui fut très pénible et l'aigrit. Découragé, il travailla moins, et, dans les heures oisives, ses désirs de jeune homme se réveillèrent avec violence ; car, esprit froid et cœur sec, il avait un tempérament fougueux.

Ce fut alors que son ancien maître de rhétorique, qui l'estimait singulièrement et avec qui il était resté en relations, le recommanda à M. de Vindeuil et qu'il devint le secrétaire de ce gentilhomme. Il apportait là les sentiments d'un ennemi ; mais ils furent d'abord un peu adoucis par la bonne grâce et la bienveillance du comte.

Dès huit heures du matin, Henri Luc arrivait rue du Regard et s'installait pour travailler à une petite table, dans la salle à manger. Mais, à tout moment, pour prendre ou pour remettre en place un registre ou un carton, il entrait dans le cabinet du comte, qui laissait la porte ouverte et qui avait dit à son secrétaire, une fois pour toutes, de circuler dans l'appartement sans s'inquiéter même des visiteurs. Ils étaient nombreux ; et Gaspard, le valet de chambre, — un brave garçon qui avait été l'ordonnance de M. de Vindeuil pendant la guerre, — les faisait asseoir dans l'antichambre sur deux méchantes banquettes, et les introduisait l'un après l'autre, chacun à son tour, avec une

inflexible discipline. Aux deux cornettes d'une paire de religieuses succédait le froc d'un moine ou la soutane d'un ecclésiastique. Les bonnes femmes en bonnet de linge alternaient avec les vieillards râpés. Il y avait souvent aussi de pauvres mamans accompagnées d'un gamin pâlot ou d'une fillette malingre. A tous M. de Vindeuil donnait une courte audience, à la fin de laquelle Henri Luc entendait toujours un léger tintement de pièces d'or ou d'écus. Du reste, les papiers qu'il mettait en ordre lui donnaient sans cesse de nouvelles preuves de tout le bien fait par le comte. C'était d'abord sa correspondance avec les hôpitaux, les asiles, les bureaux de bienfaisance, les sociétés de patronage, les établissements charitables de toutes sortes ; puis les innombrables lettres par lesquelles on appelait son attention sur des malheurs particuliers, toutes avec une note de sa main prouvant qu'il était allé en personne, au premier appel, voir les pauvres gens qu'on lui signalait et porter les secours les plus urgents. Enfin, c'était le budget de ses libéralités, budget établi, il faut le dire, d'une façon très rudimentaire, mais qui permettait tout de même de constater que, de ses cinquante mille francs de rente, M. de Vindeuil attribuait à peine le dixième à ses dépenses personnelles.

Cette inépuisable charité, cette bonté toujours active, dont Henri Luc avait sous les yeux le constant spectacle et les indéniables témoignages, forçaient peu à peu son estime et même son admiration. Pourtant, sa mauvaise humeur de plébéien et de matérialiste luttait contre ce sentiment. Il aurait voulu rabaisser la vie exemplaire de cet aristocrate, les bonnes actions de ce chrétien.

Ne soyons pas dupe, songeait parfois le jeune sceptique. Si M. de Vindeuil, ayant cinquante mille livres de rentes, se contente, pour lui-même, des appointements d'un sous-chef et vit comme un pleutre, c'est qu'il s'achète, d'avance et chaque année, pour quarante-cinq mille francs de paradis. A son point de vue, ses charités ne sont pas autre chose qu'un placement

d'avenir pour son âme, que de larges ver-
sements faits à la caisse d'une société
d'assurances sur la vie éternelle. Voilà qui
diminue singulièrement son mérite ; et,
considérée sous cet angle, sa charité n'est
que de la simple prudence, de la sage économie. Pour un dévot, convaincu que rien
ne doit être plus délicieux que de regarder
éternellement le Père Éternel face à face,
il n'est pas de sacrifice qui vaille le plus
petit regret. Et, même, si j'étais le con-
fesseur de M. de Vindeuil, je l'adjurerais
de renoncer à ses cigares de quinze sous,
qui l'exposent, assurément, à quelques
années de purgatoire... Mais je fais là des
plaisanteries surannées et voltairiennes...
Soyons plus carré. Le fameux aphorisme
de Taine, qui dit que la vertu et le vice
sont des produits naturels comme le sucre
et le vitriol, suffit à expliquer la conduite
du patron. Je veux bien croire que, n'eût-il
pas la foi en Dieu et l'espérance d'aller
droit au ciel, il aimerait quand même son
prochain et lui donnerait jusqu'à sa dernière chemise. Pourquoi? Tout simplement parce qu'il y trouve un plaisir infini
et qu'il fait la charité comme un autre
ferait la noce. Celui qui aime, par exemple,
les belles personnes ayant le goût du luxe
n'est pas un grand criminel, lui non plus,
et il assure la prospérité des bijoutiers et
des couturières, tout comme M. de Vindeuil, en payant des médicaments à ses
petits phtisiques, fait aller le commerce
des pharmaciens et des marchands d'huile
de foie de morue. Son plaisir est, si l'on
veut, plus délicat, plus intellectuel que
celui du viveur; mais c'est tout de même
son plaisir. Et il n'y a pas lieu d'admirer...
Allons plus loin, et admettons que la loi
de la sélection naturelle soit la bonne,
comme j'en ai bien peur... Est-ce qu'alors
M. de Vindeuil ne ferait pas une œuvre
mauvaise en retardant le repos définitif et
en encourageant la reproduction de tous
ces ratés de la vie, qui n'y tiennent guère,
je pense, et qui, dans tous les cas, ont tort
d'y tenir... Je sais bien que les féroces
théories de la lutte pour l'existence et du
droit de la force ne s'accordent pas du
tout avec nos rêves d'égalité à outrance

et de niveau social. Je me promets bien
entre parenthèses, si jamais je deviens
quelqu'un ou quelque chose, de ne pas
m'amuser à m'avouer darwinien devant
mes compatriotes, qui sont, pour la plupart, des démocrates médiocres, des bourgeois et des sentimentaux... Et puis Dar-
win a beau être un fameux homme et sa
doctrine a beau être carrée par la base, il
y a quand même, au fond de nous, un
petit animal qui s'appelle la conscience, la
justice, comme il vous plaira, et qui
montre toujours le bout de l'oreille...
C'est peut-être lui, après tout, qui me
force de convenir que le patron est,
somme toute, un brave homme... N'importe ! ne lâchons pas les principes, et ne
nous montons pas la tête en faveur d'un
ci-devant et d'un mangeur de bon dieu !

C'est par ces sophismes et par ces iro-
nies que Henri Luc s'efforçait de résister
à la sympathie qui le gagnait malgré lui,
devant les vertus de M. de Vindeuil. Ah !
comme il aurait voulu découvrir une tache
à cette pureté, un défaut à cette perfec-
tion !

Un matin, il trouva l'antichambre
encombrée de solliciteurs, et Gaspard, le
valet de chambre, dit au jeune homme,
quand il fut seul avec lui dans la salle à
manger :

— Monsieur le comte n'est vraiment
pas raisonnable... Il a encore découché.

Ah ! vraiment ! M. de Vindeuil avait
découché ! Et il était coutumier du fait !
A cette révélation, Henri Luc ricana
méchamment, eut une satisfaction perverse. Oh ! oh ! vous passez des nuits
dehors, monsieur l'homme de bien. Vous
avez donc, tout comme les autres, d'aima
bles faiblesses... Excellent, soit ; mais
pas irréprochable... Qui sait? Peut-être
un petit ménage en ville? Et l'on ne s'en
vante pas, pour ne point donner de scan-
dale, parbleu ! On cache soigneusement
son péché mignon. Grattez le dévot, vous
trouverez l'hypocrite.

La brusque entrée de M. de Vindeuil
yeux creux, linge froissé, cravate en désordre, — interrompit les réflexions de
Henri Luc.

Un peu chiffonné, le patron, songea-t-il avec malveillance. Ah ! mon gaillard !...

Mais le comte l'entraîna dans son cabinet.

— Bonjour, mon cher enfant... Venez avec moi, venez vite.

Et, ouvrant le tiroir de son bureau, dont, par négligence d'ancien prodigue, il ne retirait jamais la clef :

— Prenez ces trois louis, dit-il d'une voix troublée, et courez, mon ami, chez madame Guillot, rue du Moulin-de-Beurre, à Plaisance... Son fils, un charmant enfant de quinze ans, est mort, il y a une heure, dans mes bras... Oh ! cette horrible phtisie !... J'ai passé la nuit au chevet du pauvre petit, à prier pour lui... La mère est folle de douleur... Et une misère !... Allez vite, mon cher enfant, et, s'il vous plaît, dites en passant à Gaspard d'introduire les Petites Sœurs des Pauvres, qui sont arrivées aujourd'hui les premières et dont le temps est si précieux.

C'était ainsi que M. de Vindeuil courait le guilledou.

Une autre fois, Henri Luc, à son arrivée, était tout surpris de ne pas voir le logement obscursi, comme à l'ordinaire, d'une fumée bleuâtre. Et, tout de suite, le comte lui mettait dans les mains une caisse de cigares, à peine entamée.

— Emportez-les, aujourd'hui même ! s'écriait le digne homme avec une violence tragi-comique. Emportez-les, et que je ne les voie plus... *Vade retro !...* Je serais capable de céder à la tentation... Et je me suis donné ma parole d'honneur de ne plus fumer.

— Vous, monsieur ? fit Luc stupéfait.

— Oui, oui, emportez-les... Vous n'êtes pas fumeur, je sais. Mais n'importe. Ce sera pour vos camarades... Quant à moi, je ne brûlerai plus de ma vie un havane... Je me le suis promis, sur ce que j'ai de plus sacré, hier, chez cette malheureuse femme... Une veuve, imaginez-vous, avec deux gamines à élever, et qui n'a pour vivre que ce qu'elle gagne à coudre des sacs du matin au soir... Soixante-quinze centimes ! Précisément le prix d'un de ces cigares... Et j'en fumais cinq, six, par

jour, quelquefois davantage !... Emportez, emportez ! On n'en verra plus un seul ici, je vous le jure !...

Un fumeur endurci comme lui ! se disait le jeune homme. Ma foi, c'est de l'héroïsme... Mais allons donc !... Il n'y tiendra pas.

Et, pourtant, après quinze jours de vraie souffrance, pendant lesquels M. de Vindeuil avait clappé de la langue, comme un homme ayant très soif, et promené à chaque instant sur lui-même ses mains nerveuses et inoccupées, il domptait son ancienne habitude et sacrifiait définitivement aux pauvres son dernier plaisir.

Donc Henri Luc sentait diminuer chaque jour ses préventions malveillantes contre « le patron », comme il l'appelait, et se laissait gagner le cœur par ses façons cordiales et paternelles, lorsque, dans la vie du jeune homme, une crise se produisit.

Il avait alors, grâce à ses appointements de secrétaire et à quelques leçons passablement payées, de quoi subvenir à ses besoins. Moins farouche, depuis qu'il était moins pauvre, il n'évita plus, comme naguère, quelques condisciples de collège devenus étudiants, renoua sans peine avec eux les fils rompus de la camaraderie, les rejoignit dans les cafés et les lieux de plaisir qu'ils fréquentaient. La plupart appartenaient à des familles aisées, avaient toujours en poche quelques écus, s'endettaient sans scrupules. Trop fier pour accepter auprès d'eux un rôle de second plan, une attitude parasite, Henri Luc dépensa souvent en une soirée son gain d'une semaine. C'était sans grand inconvénient. Il en fut quitte, d'abord, pour se réduire à l'indispensable les lendemains de fête. Mais bientôt les choses se gâtèrent.

L'orgueil et la vanité ne vont pas, nécessairement, de compagnie. L'orgueil peut quelquefois être légitime et même noble ; la vanité est toujours médiocre et basse. Mais, dans une personnalité comme celle de Henri Luc, privée de boussole morale, orgueil et vanité se confondent. Le pédant égalitaire s'imagine volontiers qu'il est le centre du monde, que ses moindres actions ont une importance capitale. Par point d'honneur, ou plutôt par sot amour-propre, Henri Luc ne voulut pas moins faire que ses camarades, dépensa plus qu'il ne pouvait, contracta quelques dettes. Bientôt il fut extrêmement gêné.

Et puis, sa jeunesse réclamait ses droits, rature et les arts vers un idéal nouveau, — ainsi que cela se passe autour des tables de marbre, — la supériorité de Henri Luc était reconnue par tous sans discussion ; et, grâce à un crédit ouvert chez son gargotier et à une broche de petits billets faits à son tailleur, l'étudiant avait presque toujours dans son porte-monnaie la

DANS LES CAFÉS ET LES LIEUX DE PLAISIR

se révoltait violemment, après la période de misère et de privations qu'il venait de traverser. Il vivait à présent dans un groupe de voluptueux qui jouissaient de leurs vingt ans d'une façon passablement vulgaire, soit, mais effective. C'était, pour Henri Luc, un exemple continuel, une tentation irritante. Dans le café où il passait la plupart de ses soirées avec ses jeunes amis, certes il pouvait briller, car il était le plus instruit et le plus intelligent de la bande. Pour réformer la société de fond en comble ou pour orienter la litté-

pièce de cent sous nécessaire pour paye comme les autres la tournée de bocks qui arrose, de quart d'heure en quart d'heure, ces hautes spéculations. Mais, dès qu'il s'agissait de monter à Bullier, pour en descendre bras dessus bras dessous avec des personnes d'un autre sexe et aller finir la soirée aux Halles parmi l'explosion des bouchons de vin de Champagne, Henri Luc était bien forcé de se dérober. Et, vexé, humilié, dévoré de désirs, le jeune homme regagnait son galetas, s'exaltait dans la solitude et s'abandonnait aux pires suggestions de l'envie et de la haine contre les riches et les heureux.

Le lendemain de ces soirées-là, lorsque, classant des papiers dans le cabinet de M. de Vindeuil, il le voyait puiser pour ses aumônes dans son tiroir plein d'or et de bank-notes, Henri Luc était pris d'une sorte de rage.

— Et je l'admirais ! pensait-il. Pourquoi? Parce qu'il a le moyen de vivre selon ses goûts... La vertu n'est qu'un mot sans aucune signification. La vérité, c'est que l'homme cherche son bonheur comme il peut, le prend où il le trouve, et que celui qui en trouve un peu, n'importe où, n'importe comment, est un privilégié... Au point de vue de la jouissance, Néron, qui brûle Rome, et Vincent de Paul, qui ramasse les enfants trouvés, se valent... Le patron est un égoïste, oui, un égoïste... Pas de danger qu'il s'aperçoive jamais que je me ronge d'ennui, que je crève de continence, et qu'il me donne une poignée de louis, en me disant : « Va t'amuser ! » Et je l'admirerais !... Allons donc !

Le misérable enfant en était là, quand la rencontre d'une femme mit le comble au désordre de sa vie et de ses idées.

La belle Clo — abréviation galante de Clotilde — était fameuse au quartier Latin, et avec raison ; car, bien qu'elle fût née à Ivry-la-Gare et qu'elle eût débuté modestement comme apprentie corsetière, elle offrait absolument le type de la Romaine, tel qu'il se retrouve encore dans l'ancien Vélabre. Elle avait de la Transtévérine l'opulente et un peu lourde beauté, les grands yeux pleins d'un rêve bestial, les cheveux d'un noir profond, et « le front stupide et fier » que Musset donne à sa Belcolore. Avec un peu plus de chance et d'intelligence, cette créature, taillée sur le patron et douée du tempérament des grandes courtisanes, eût ruiné des millionnaires. Faute de mieux, elle se contentait de mettre à sec quelques étudiants. Un prince japonais — qui faisait son droit à Paris et qui avait eu bien tort de renoncer à son double sabre et à ses robes de soie brodées de dragons d'or, car sous le costume européen il ressemblait à un singe atteint de la jaunisse — venait de dépenser ses derniers ipsibous pour la belle Clo, lorsque, dans une subite toquade, elle abandonna la chambre confortablement meublée de l'Asiatique pour la mansarde de Henri Luc.

Cette bonne fortune, qu'il devait à son maigre et fin visage et à sa légère barbe brune, fit décidément perdre la tête au jeune homme, qui apprit bien vite que l'amour désintéressé d'une fille est tout de même ruineux pour un pauvre, et qu'il en coûte fort cher d'être aimé pour soi-même. Clo, plus raisonnable, ayant satisfait son caprice, voulut le quitter au bout de quinze jours. Mais, devant l'explosion de fureur et de jalousie de ce malheureux qu'elle avait enflammé d'amour et de vanité, et un peu par bonté d'âme aussi, elle n'osa pas.

Henri Luc s'abîma dans la dette. Maintenant il devait d'assez fortes sommes à tous ses camarades. Il avait usé de tous les expédients pour se procurer quelque argent. Les petits usuriers terrés au fond de leur boutique de friperie ne répondaient plus à ses supplications que par un haussement d'épaules, et sa signature était désormais sans valeur aux yeux des courtiers en librairie, qui lui avaient déjà vendu à tempérament trois « Larousse », immédiatement convertis par Clo en une robe d'été, un chapeau fleuri, une paire de bas de soie, quelques dîners chez Foyot et une partie de canot à la Grenouillère.

Comment retenir près de lui cette femme dont il était ivre? Elle n'avait aucune disposition, décidément, pour vivre d'amour et d'eau claire, et ne cachait déjà plus sa mauvaise humeur. Henri Luc était affolé.

Un matin que Clo lui avait dit, d'une voix dure et pleine de menaces : « Tu sais... Je n'ai plus de bottines, » et comme il expédiait machinalement sa besogne chez M. de Vindeuil, celui-ci, après avoir reconduit son dernier visiteur, dit à son secrétaire :

— Par grande exception, mon cher Luc, je ne déjeune pas chez moi aujourd'hui... Avant de vous en aller vous-même, répondez donc aux deux lettres que j'ai laissées sur mon bureau.

Lorsque le comte fut parti, Henri Luc entra dans le cabinet pour y prendre les deux lettres. Négligent comme toujours, M. de Vindeuil avait laissé son tiroir à moitié tiré hors du meuble, et le jeune homme vit briller les pièces d'or. Il sava t par expérience que le « patron » avait peu d'ordre, s'embrouillait aisément dans les chiffres... Il fut tenté !

L'affreux désir lui sauta au cerveau, brusque, foudroyant, et son cœur battit à gr s flocons.

Hélas ! à quoi tient l'honneur ? Qu'il est fragile ! Henri Luc était le fils de très honnêtes gens, avait été élevé par une mère probe et fière ; lui-même, jusqu'au jour où ce bas amour était entré dans sa vie, s'était montré, en matière d'argent, d'une délicatesse scrupuleuse. Mais, en un instant, sa conscience se brisa, comme une barre de fer où il y a une paille. Il n'eut qu'une idée : avec un peu de cet or il pourrait conserver sa maîtresse. Dans quelques jours, plus tard, — comment ? n'importe !... — il restituerait, il remettrait en place l'argent volé, non ! emprunté à ce riche qu'il l aissait, au fond, et qui ne s'apercevrait de rien !...

Il prit trois pièces de vingt francs, courut retrouver la belle Clo et lui paya des bottines.

Huit jours après, il prenait deux autres louis. Et cette fois, il dut ouvrir le tiroir, où M. de Vindeuil laissait toujours la clef, O chute rapide, pente savonnée ! Pendant quelques semaines, imprudemment, follement, il plongea la main dans la caisse du patron confiant, du maître excellent et paternel !

Mais, un matin, comme Henri Luc entrait, pour prendre les ordres, dans le cabinet du comte, celui-ci, qui se tenait debout devant la cheminée, lui dit d'une voix calme et triste :

— Mon cher Luc, fermez la porte, je vous prie... J'ai à vous parler de choses sérieuses...

Le voleur eut un frisson soudain, puis une sueur froide. Il ressentit, à la gorge, un étouffement affreux, comme si une main l'eût étranglé.

— Je viens de découvrir, reprit lentement M. de Vindeuil, qu'on me vole... J'ai l'habitude, vous le savez, de ne point fermer ce tiroir... Mauvaise habitude, que je me reproche aujourd'hui... Il ne faut tenter personne !... Or, si peu ordonné que je sois, je constate, depuis plus d'un mois, que l'argent que je mets là file bien vite... Oh ! ne vous effrayez pas, fit le comte en s'interrompant, devant un geste ébauché par Luc ; et laissez-moi finir. J'ai déposé, depuis trois jours, dans ce tiroir, une certaine somme en or, sans y toucher. Hier, il manquait deux louis... On me vole, j'en suis sûr, et, pour tout vous dire, je soupçonne Gaspard. Depuis quelque temps, ce garçon se dérange, il boit... Tenez, ce matin même, il empestait l'absinthe... Me voler, lui, à qui j'ai sauvé la vie, lui que j'ai emporté du champ de bataille, blessé, sur mon dos, au milieu des balles allemandes !... N'est-ce pas, mon cher enfant, que je ferai bien d'être impitoyable ?

Le misérable Luc ne s'attendait certes pas à cette conclusion. Mais, loin de lui être un soulagement, elle redoubla son horreur. Il n'en était pas arrivé à cette abjection de souffrir qu'un autre fût accusé du crime qu'il avait commis. Hors de lui, chancelant, une étincelle brûlante à la racine de chacun de ses cheveux, il s'appuya de la main sur le bureau, et d'une voix éperdue, vibrante, il cria son aveu :

— Monsieur le comte, Gaspard est innocent !... C'est assez d'une inf mic !... C'est moi, moi, qui ai pris, par petites sommes, trente louis dans ce tiroir !... Pour une femme !... J'avais perdu la tête... Faites de moi ce que vous voudrez.

M. de Vindeuil ne bougea pas ; mais son visage, son loyal et charmant visage, devint terriblement sombre.

— J'en étais certain, dit-il d'une voix sourde. Gaspard est mon frère de lait, je le connais depuis son enfance, et c'est la probité même... Tout à l'heure, je vous tendais un piège, je l'avoue, et j'éprouve quelque satisfaction à reconnaître que

IL PRIT TROIS PIÈCES

vous n'êtes pas encore descendu aussi bas que je le craignais... Ainsi, malheureux enfant, vous avez volé cet argent, l'argent des pauvres !... Vous, un esprit distingué, un homme de savoir et de pensée, qui

dicter... Obéissez, vous entendez bien, ou je sonne Gaspard, pour qu'il aille chercher la police.

Écrasé de honte, Henri Luc était tombé, plutôt qu'il ne s'était a sis, devant le

ÉCRIVEZ... ORDONNA LE GENTILHOMME

sentiez toute l'horreur de votre action !... Ah je pourrais, en ce moment, n'est-il pas vrai? confondre vos doctrines de néant et de mensonge... Mais j'ai résolu de ne pas vous faire d'inutile morale... J'ai trouvé mieux... Mettez-vous là, prenez une plume et écrivez ce que je vais vous

bureau. Il prit la plume d'une main toute tremblante.

— Écrivez... ordonna le gentilhomme.
« Je soussigné, avoue avoir volé la
» somme de six cents francs à monsieur le
» comte de Vindeuil, dont j'étais le secré-
» taire, et je reconnais que je dois à sa

» seule générosité de n'avoir pas été livré » à la justice... » Datez et signez... Et donnez-moi ce papier, maintenant.

Le pitoyable jeune homme avait écrit sa déclaration d'une écriture troublée, mais lisible cependant. M. de Vindeuil, qui s'était rapproché de lui, prit le papier, le lut attentivement, le plia en quatre et le mit dans un portefeuille qu'il tira de la poche intérieure de sa redingote. Puis il regarda bien en face Henri Luc, qui s'était levé et se tenait debout, la tête basse, les yeux à terre, et claquant des dents comme un homme qui grelotte.

— Répondez-moi, dit alors le comte, du même accent dur et impératif. Vous avez des dettes?... Combien ?...

Surpris par la question inattendue, Henri Luc ne trouva pas tout d'abord de réponse.

Mais M. de Vindeuil insista :

— Combien, vous dis-je?... Allons... Un millier de francs?...

— Environ... Oui, il me semble, finit par balbutier l'étudiant.

— En voici quinze cents, reprit le comte en prenant dans son portefeuille trois billets de banque et en les présentant à Henri Luc.

Et comme celui-ci, stupéfait, jetait un cri étouffé :

— Ne me remerciez pas. Je vous défends de jamais me rendre ce que vous m'avez volé et ce que je vous donne aujourd'hui... Je vous le défends, j'en ai le droit... Je fais sur vous une simple expérience... Si vous vous repentez, si vous vous remettez au travail et menez à l'avenir une conduite irréprochable, je vous aurai sauvé et j'en serai bien aise ; car — ici la voix de M. de Vindeuil s'altéra un peu — j'avais de l'amitié pour vous... Vous n'êtes plus mon secrétaire, et il me serait pénible de vous revoir... Mais vous voici libéré de vos dettes, avec un peu d'argent devant vous, et vous pouvez, si vous le voulez, redevenir un honnête homme... Prenez garde seulement à ceci. Je vous suivrai dans la vie, et si j'apprends de vous une action que je trouve mauvaise, et dont je m'instituerai le juge, à

mon point de vue, selon mes idées et ma morale à moi, souvenez-vous que j'ai là de quoi vous perdre et que je vous perdrai... Donc, c'est bien entendu... Je vous pardonne aujourd'hui ; mais, si j'ai eu tort, si vous faites le mal et ce que je considérerai, moi, comme le mal, eh bien ! alors, je ferai justice... Allez, maintenant, ajouta le comte après un court silence, en congédiant du geste Henri Luc, et allez, et tâchez de marcher droit.

<h3 style="text-align:center">III</h3>

Dix ans après.

On vient de lever la séance, et les députés sortent du Palais-Bourbon. Le court crépuscule de novembre allume encore quelques froides braises au-dessus du Trocadéro, et les candélabres du pont de la Concorde ont déjà leurs étoiles de gaz, qui semblent vertes sur le ciel clair du soir.

Henri Luc, le jeune et déjà fameux orateur de l'extrême gauche, prend congé d'un groupe de collègues et d'amis politiques, au coin du quai d'Orsay. Le collet de la pelisse relevé, — car il gèle, — il distribue des poignées de main.

— Ainsi, mon cher, lui dit Louis Mathias, le chef de son groupe, — vous savez bien, celui qui a renversé tant de ministères, et dont tout Paris connaît la mauvaise figure de sergent-major qui vient de manger la grenouille, — ainsi nous pouvons compter sur vous?... Demain, quand viendra la discussion du budget des cultes, Baral ouvrira le feu et parlera pour la suppression. Puis, après la réponse de l'évêque, tout de suite vous demanderez la parole.

— Parfaitement, répond Henri Luc.

— Cher maître, demande avec un empressement obséquieux le petit Devismes, un saute-ruisseau du journalisme, en assujettissant son monocle devant son œil inquiet d'intrigant et de mouchard ; cher maître, puis-je annoncer la nouvelle comme certaine dans les *Droits de l'Homme* de demain matin?

— Sans doute.

Maintenant, c'est le tour de cet imbécile de Juliod, un muet parlementaire, qui n'a pour lui que sa fortune, sa carrure d'athlète et sa barbe de fleuve allégorique, mais qui est aussi — ce qui explique bien des choses — le mari de la célèbre madame Juliod, cette « professional beauty » de la troisième République, de qui nous sommes las, n'est-il pas vrai, d'admirer depuis douze ans, à toutes les « premières » et à tous les bals de l'Élysée, les épaules émaillées et, pour ainsi dire, officielles.

— Vous savez, Luc, dit le gros bêta, votre discours est attendu comme un événement. Madame Juliod ira vous entendre avec deux de ses amies, et elle sera dans la tribune avant le lever du... qu'est-ce que je dis?... avant l'ouverture de la séance.

Le jeune homme s'incline avec un sourire légèrement ironique :

— Très flatté !

— Et sabrez-moi les calotins, reprend Louis Mathias de sa voix sèche et méchante. Ah! si nous pouvions, cette fois-ci, leur couper les vivres et bousculer un peu le Concordat!... Car c'est idiot, voyons, cette république qui restaure sans cesse les ruines du Consulat et qui marche dans les bottes de Bonaparte !... Enfin, on m'assure que les gens du centre, qui ne songent qu'à leur réélection, sont ébranlés. On est, paraît-il, plus anticlérical que jamais en province, et la franc-maçonnerie, dans la dernière campagne, a marché comme un seul homme... Mon cher Luc, nous comptons beaucoup sur vous... Ah! si vous emportiez le vote !...

— Vous savez, mon cher maître, ajoute le petit Devismes, qu'on dort mal dans les jésuitières en attendant votre discours... Ils en sont, m'a-t-on dit, à dire des messes et à faire des neuvaines. Mais la bise de novembre est glaciale, décidément. Il faut se séparer.

— N'ayez pas peur, dit Henri Luc en quittant ses amis. Je donnerai tout mon effort. Je vous promets d'être énergique, et en même temps adroit... J'ai déjà les grandes lignes de mon affaire... Mais, ce soir, après dîner, je m'enferme dans mon cabinet, et, là, je piocherai encore mes arguments... Soyez tranquilles... A demain.

Et, tout en ruminant une péroraison à grand effet, à laquelle il songe depuis la veille, le jeune orateur s'éloigne d'un pas vif, le long du quai.

Comme on le voit, l'ancien secrétaire de M. de Vindeuil avait fait une belle carrière depuis dix ans. Très honorablement, hâtons-nous de le dire, par son travail et par son mérite.

L'épreuve terrible, mais méritée, qu'il avait subie le jour où, sur l'ordre du comte, il dut écrire et signer de sa main l'aveu de sa criminelle défaillance, avait suffi pour le remettre dans le chemin droit. Ce jeune homme, qui était trop intelligent et trop fier pour n'être pas foncièrement honnête, avait sans doute commis un acte inexcusable. Mais il était alors aigri jusqu'au paroxysme par l'envie et par la misère, et d'ailleurs déprimé par une passion sensuelle. Il avait agi dans un coup de fièvre, dans une sorte d'accès de la maladie morale dont il était profondément atteint ; pourtant son cas n'était pas désespéré. Sa propre honte, qu'il but à plein verre, lui fut un remède d'une amertume répugnante, mais violent et efficace.

Henri Luc sortit de chez M. de Vindeuil, pareil à un homme qui se sauve d'un incendie à la dernière minute, le poil roussi, les vêtements enflammés, mais qui, pour toujours, aura peur du feu. Il quitta sa maîtresse, paya ses dettes, rompit avec tous ses camarades, se remit au travail, s'y replongea comme dans une mer d'oubli. En moins d'un an, il passa victorieusement l'examen de licence, fut reçu le premier au concours d'agrégation. On le nomma professeur de lycée dans une ville manufacturière du Nord-Est, et il quitta Paris qu'il avait pris en haine, Paris où il avait souffert et où il avait failli, avec le cri de joie et la longue aspiration d'air libre du prisonnier qui s'évade.

En province, il fut le jeune homme irréprochable, un peu trop sérieux et réservé peut-être, ne dansant point, de qui les jeunes filles ne rêvent pas, mais que toutes les mamans désireraient pour gendre, et que les pères proposent à leur fils pour modèle. Certains lui reprochaient seulement ses opinions très avancées en politique et en philosophie ; mais tous étaient forcés de convenir qu'il ne les exprimait que lorsqu'il y était poussé, et toujours sous une forme extrêmement calme et courtoise.

Ces honorables apparences n'étaient nullement trompeuses, et il n'y avait pas l'ombre d'hypocrisie dans la conduite de Henri Luc. Son retour au bien était sincère ; il ne demandait plus rien à la vie que par le devoir et par le travail. Quand il pensait à la faute de sa première jeunesse, à son ancienne chute, — et il y pensait souvent, — c'était avec un douloureux serrement de cœur, un remords cruel, et sans se faire un mérite de son relèvement. Il n'oubliait rien, ne se pardonnait rien, et se croyait au contraire d'autant plus obligé à une existence absolument pure qu'il y avait dans son passé une souillure inconnue et qu'il avait été très coupable.

Cependant, au fond de ce cœur droit, mais aride, un mauvais sentiment — ou, pour mieux dire, une absence de bon sentiment — persistait. Henri Luc n'éprouvait aucune reconnaissance pour M. de Vindeuil. Pourtant le comte, avec une admirable générosité, non seulement lui avait fait grâce, quand il aurait très légitimement pu le perdre, mais encore lui avait mis dans les mains les éléments de sa rédemption et de son salut. N'importe ! le jeune professeur devenait sombre quand il songeait à son ancien patron. Mais aussi, cet aveu signé, cet argent reçu comme une aumône et avec défense de le rendre, quelle ignominie ! Henri Luc sentait que cela lui gâtait pour jamais la vie, lui flétrissait les fleurs, lui voilait le soleil.

— Je suis absurde, injuste, se disait-il quelquefois. Monsieur de Vindeuil a bien fait. Il avait le droit et même le devoir de m'humilier, de fixer en moi la leçon, de prendre une garantie sur mon avenir. Il m'a rendu le plus grand des services... Ce papier, — je connais le comte ! — il n'en

aurait jamais fait usage, quand même je ne serais pas corrigé pour toujours, quand même je ne mènerais pas une conduite exemplaire... Allons ! j'ai cent fois tort et je suis un ingrat. Monsieur de Vindeuil a, dans cette circonstance, agi comme un parfait galant homme.

Mais, en dépit de tous ces raisonnements, le souvenir du charitable gentilhomme restait lié, pour Henri Luc, à celui de sa mauvaise action et lui était toujours très pénible.

Cependant, le jeune professeur, qui avait pu avancer sur place et faisait un cours de rhétorique, obtenait tous les succès. Il s'était découvert et possédait en effet le don de la parole, l'avait cultivé et perfectionné. Un avenir assuré dans l'enseignement s'ouvrait pour lui, lorsque sa destinée changea brusquement.

Il fréquentait en ami la maison d'un industriel, fort considéré dans la ville et père d'une nombreuse famille. La fille aînée était intelligente, bonne, sérieuse, — et jolie. Elle plaisait infiniment à Henri Luc. On lui fit comprendre qu'il n'était pas vu moins favorablement par mademoiselle Aimée. La dot était mince. Trop de frères et de sœurs. Mais Henri Luc, par ce mariage désintéressé, tout d'inclination, élargit, sans l'avoir voulu, sa destinée. Son beau-père, qui s'était toujours beaucoup occupé de politique, était quelque chose comme le grand-électeur du département. Une vacance s'étant produite, il fit nommer député son gendre, qui siégea sur les bancs de la gauche radicale, et du premier coup, par un maître discours où il sut parler sans banalité — ô surprise ! — des lois scolaires et des bienfaits de l'instruction, se classa parmi les orateurs de premier plan.

A trente ans, c'est-à-dire à l'âge où nous le retrouvons, Henri Luc était devenu — qu'on nous pardonne cette irrévérencieuse comparaison — l'un des premiers sujets de la troupe parlementaire. Elle est surtout composée, personne ne l'ignore, de vulgaires cabotins. Henri Luc, par son talent sincère et convaincu, méritait le titre de véritable artiste. Dans la bataille

annuelle que les partisans de la séparation de l'Église et de l'État devaient livrer
sur le terrain du budget des cultes, on
avait donné cette fois au jeune orateur
le premier rôle. Si le Cabinet, qui devait
poser la question de confiance, n'obtenait
pas la majorité, Henri Luc était désigné
pour le portefeuille de l'Instruction publique. Cette espérance excitait son ambition et flattait aussi ses chimères. Il se
voyait déjà préparant la France de l'avenir, dirigeant la jeunesse dans une voie
exclusivement scientifique ; car il parta-
geait les illusions de ce siècle de manda-
rins. Universitaire, il avait foi dans la
vertu, si peu infaillible pourtant, des
méthodes et des programmes. Jacobin, il
croyait possible d'exercer la tyrannie sur
les pensées. Matérialiste, il voulait que la
science eût une réponse et une explication
devant tous les mystères de la vie et toutes
les énigmes de la nature. Et il n'eût pas
fallu beaucoup pousser ce sectaire pour
lui faire affirmer que les mathématiques
et la morale sont connexes, et que les
hommes deviendront plus heureux et
meilleurs par les progrès de l'électricité et
des explosifs.

Tout en se murmurant les dernières
phrases du discours par lequel il espérait
porter un coup sensible au clergé et aux
idées religieuse , Henri Luc atteignit
rapidement le quai Voltaire, où il demeu-
rait. Il trouva sa jeune femme auprès du
berceau où elle endormait le petit garçon
qu'elle lui avait donné deux ans auparavant, et, mis en présence de ce gracieux
et toujours si touchant spectacle, le tribun
de trente ans oublia pendant quelques
minutes — rendons-lui cette justice —
qu'il devait, le lendemain, « écraser l'in-
fâme ». Il y a temps pour tout ; et, si vous
tenez à savoir ma façon de penser, je suis
d'avis qu'en enveloppant la taille de son
Aimée et en lui appuyant un long et tendre
baiser dans le cou, le jeune législateur fit
une chose beaucoup plus intéressante et
beaucoup plus essentielle que de chercher
une période ronflante pour maudire les
funestes conséquences du Concordat.

Mais, lorsque l'enfant eut fermé les
yeux et que les deux époux se furent mis
à table, le parlementaire, obsédé par sa
prochaine harangue, revint à la question
tout de suite après le potage et le coup du
médecin. Avec autant de verve que d'appétit, il ne fit qu'une bouchée des dogmes
catholiques et de son filet de sole, et il
attaqua de toutes ses dents l'entrecôte
aux tomates farcies, comme s'il se fût agi
d'un congréganiste. La jeune femme
l'approuvait d'un sourire silencieux et
charmant, d'abord parce qu'elle-même
n'avait pas été élevée dans des sentiments
de piété, mais surtout parce qu'elle admi-
rait et adorait son époux. Pour elle, évidemment, la suppression du traitement
des évêques et des curés devait être indispensable, puisque son Henri la réclamait
d'une voix si harmonieuse et si chaude ;
et quand il affirmait que le Premier Con-
sul, en 1801, avait fait reculer la civilisa-
tion d'un siècle en se mettant d'accord
avec le Pape, son cher mari ne devait pas
avoir tort, puisqu'elle le trouvait si joli
garçon.

Après dîner, Henri Luc parcourut les
journaux du soir, qui, tous, annonçaient
son discours et considéraient son intervention dans la séance du lendemain
comme un événement capital. Confortablement installé au coin du feu, il respira
cette fumée de gloire, tandis que, par une
porte ouverte, il voyait sa jeune femme,
dans sa chambre à coucher, aller et venir
autour du berceau où dormait son enfant,
et procéder silencieusement aux soins
délicats d'une toilette de nuit. Près de lui,
les livres ouverts et les papiers épars sous
le rayonnement d'une grosse lampe le
conviaient au travail nocturne. Il songea
combien étaient précieux pour lui, dans
sa vie fiévreuse d'homme politique et de
tribun, ce foyer paisible, cette douceur
de famille, et il se dit qu'il était heureux.

Sa femme vint alors lui donner le baiser
du soir et le laissa seul.

Henri Luc, tantôt marchant de long en
large et se redisant à voix basse ses pério-
des oratoires, tantôt s'asseyant à son
bureau pour prendre une note ou vérifier
un texte de loi, était depuis assez long-

temps absorbé par sa besogne, lorsque la femme de chambre, après avoir frappé plusieurs fois sans qu'il y prît garde, finit par entrer, une carte de visite à la main, et lui dit qu'un monsieur insistait vivement pour être reçu, malgré l'heure avancée.

Avec un peu d'impatience, il prit la carte et y jeta les yeux. Un frisson le secoua et le glaça jusqu'au cœur, quand il lut le nom du comte de Vindeuil.

L'arrivée de cet homme, du seul témoin de sa honte de jeunesse, reparaissant brusquement devant lui, en plein bonheur, en plein succès, lui parut du plus sinistre augure.

Sa voix tremblait presque lorsqu'il dit :

— Faites entrer.

Comme presque tous ceux dont l'existence est remplie par une œuvre unique et réglée par des habitudes exclusives, M. de Vindeuil avait peu changé. Dix années n'avaient que peu courbé sa longue et mince personne, et, dans la pénombre de la chambre éclairée seulement par la lampe voilée, on ne pouvait voir les poils blancs, maintenant nombreux, de sa barbe de vieux blond. Ses vêtements n'étaient pas moins négligés qu'autrefois. Et lorsque, l'ayant salué et invité d'un geste à s'asseoir, Henri Luc le vit croiser ses maigres jambes et poser sur un guéridon voisin un vieux chapeau flétri par cent averses, le jeune homme reconnut, avec un singulier malaise, son ancien patron absolument tel qu'il était au jour néfaste de leur séparation.

— Je m'excuse d'abord, monsieur, commença le comte en lançant au député le regard étincelant et direct de ses yeux verts, de l'inconvenance de ma visite à cette heure de nuit... Mais j'ai appris seulement tout à l'heure, en lisant une feuille du soir, le fait qui m'amène auprès de vous, et vous comprendrez tout à l'heure que ma démarche ne pouvait souffrir aucun retard.

— Quel que soit le motif qui vous a fait venir ici, répondit Henri Luc en contenant son émotion par un grand effort, vous étiez certain, je l'espère, monsieur le comte, que votre présence ne pourrait éveiller en mon cœur que des sentiments de profond respect et de reconnaissance infinie.

— Oui, reprit M. de Vindeuil, mais je suis heureux de vous les entendre exprimer, car je viens y faire appel... Demain, à la Chambre des députés, sera discutée l'interpellation d'un de vos collègues, dont le nom m'échappe. Il demandera la suppression du budget des cultes, et, si j'en crois le journal qui vient de me tomber sous les yeux, vous devez prononcer, dans cette circonstance, un discours qui pourrait exercer sur le vote final une influence considérable et rendre, en effet, cette suppression immédiate... Oserais-je vous prier de me dire si cette nouvelle est exacte?

— Elle l'est, fit Henri Luc, que la question commençait à inquiéter. Pourtant je suis loin de penser que mon intervention dans le débat emporte des conséquences aussi décisives, et que mon discours...

Mais M. de Vindeuil, de sa voix ferme, l'interrompit :

— Point d'inutile modestie, monsieur. Votre talent de parole et votre action sur le Parlement me sont connus... J'arrive au but de ma visite. Ce morceau de pain, que l'État donne si parcimonieusement aux prêtres, et qui n'est pas un traitement de fonctionnaire, mais bien une sorte de restitution faite au Clergé des biens dont il fut jadis injustement dépouillé, je crois qu'ils ne pourraient le perdre sans un sérieux dommage pour l'éducation religieuse de la France. Ce n'est point l'avis, je le sais, de certains catholiques ; mais c'est ma conviction profonde. A tort ou à raison, je considérerais la suppression du budget des cultes comme un malheur pour l'Église et pour la Foi. Or, on m'assure que votre harangue peut hâter l'accomplissement de ce malheur... Vous devinez déjà, je suppose, la prière que je viens vous adresser... Abstenez-vous, gardez le silence dans la discussion de demain, et vous m'aurez prouvé, plus même que vous ne pouvez le croire, cette reconnais-

sance que vous pré'endez avoir pour moi...
Répondez-moi sans détours, monsieur.
Pu s-je ou non attendre de vous ce bon
office ?

Disons-le, en adressant cette prière à
Henri Luc, en réclamant de lui ce service,
M. de Vindeuil, emporté par la fougue de
son désir et par la franchise de son caractère, avait mis, sinon dans les termes, du
moins dans le ton de sa demande, toute
l'énergie d'un ordre.

Le jeune homme le sentit bien, et, en
fut cruellement mortifié Ce qu'il comprit
immédiatement aussi, c'est que le comte
devait toujours le mépriser à fond, pour
lui proposer en face une pareille capi-
tulation de conscience. Henri Luc, devi-
nant qu'un orage fondait sur lui, essaya
pourtant de le conjurer.

— Monsieur le comte, répondit-il, je
vous remercie de n'avoir fait que si discrètement allusion à votre généreuse conduite
envers moi. Elle n'a pas été vaine. Le
coupable à qui vous avez épargné le châ-
timent a tout fait pour se réhabiliter.
C'est, j'ose le dire, un homme honnête qui
vous parle aujourd'hui, qui s'adresse à
votre loyauté, et qui vous fait juge de sa
position... Je suis, vous le savez, j'ai
toujours été un champion de la libre
pensée. Cette suppression des salaires du
clergé, qui vous semblerait une défaite
pour la religion, serait, à mes yeux, une
victoire pour le progrès. Admettons que
je puisse, en effet, décider cette victoire.
Est-ce bien vous, un soldat, qui me
conseillez de déserter la veille de la
bataille ?... Non, vous n'exigerez pas cela
de moi ! Vous n'ordonnerez pas à un
homme que votre magnanimité a remis
dans le chemin de l'honneur de le quitter
pour toujours !... Je vous le jure, je ne
songe pas, en ce moment, à mes ambitions,
à ma carrière. Pour vous prouver ma
bonne foi, dites un mot, et je donne ma
démission, je renonce à la vie politique...
mais seulement après avoir fait mon
devoir... Me dérober demain, ce serait
trahir... Et, s'il ne s'agissait, pour vous
contenter, que de paraître un traître aux
yeux de mon parti, j'y consentirais encore.

Non, c'est pour ma satisfaction intime
que je vous refuse, c'est pour n'avoir
point une bassesse sur la conscience...
Voilà ce qu'est devenu le malheureux que
vous avez arrêté sur la pente du crime.
Mon scrupule, c'est votre œuvre, et vous
ne pouvez pas le blâmer... Vous m'aviez
perdu de vue, vous ignoriez ma transfor-
mation morale ; et il y a dans la proposi-
tion que vous venez de me faire un profond mépris pour moi. En la repoussant,
je suis certain que je force votre estim·.

En parlant ainsi, Henri Luc s'était
échauffé. Il était debout maintenant
devant M. de Vindeuil, qui, très calme,
les jambes toujours croisées, l'écoutait
avec une moue dédaigneuse.

— L'honneur !... Le devoir !... La conscience !... Le scrupule !... dit le gentilhomme. Ce sont là de belles et sonores
paroles, et qui font toujours leur effet
dans les assemblées parlementaires. On
n'avait pas eu tort, je le vois, de me
vanter votre éloquence... Par malheur
pour vous, je ne puis me payer de ces
grands mots, car je possède la preuve,
écrite et signée de votre main, que vous
n'avez pas toujours eu le droit de les
prononcer... Oh ! je sais que, depuis que
nous nous sommes quittés, votre conduite
a été irréprochable. Notre ami commun
monsieur Berthier, à qui je demandais
de temps en temps ce que vous deveniez,
m'a tenu au courant de votre vie... Mais,
s'il vous plaît, qui vous a épargné l'infamie ?... Moi. Et, souvenez-vous-en, vous
ne pouvez faire figure d'honnête homme
que par ma permission... Vous parlez de
devoirs ? Le plus sacré, le premier de tous
devrait être pour vous la reconnaissance
envers l'homme qui vous a sauvé... Et, à
l'heure qu'il est, vous n'obéissez pas à la
voix de l'honneur, mais à celle de votre
orgueil... Enfin, ne perdons pas notre
temps en discussions stériles... J'entends
que demain, à la Chambre des députés,
vous ne preniez pas la parole, et vous ne
la prendrez pas. C'est un ordre que je vous
donne, et, si vous aviez l'audace de n'y
point obtempérer, je rendrais public,
entendez-vous, cet écrit dont je ne me

suis pas dessaisi et par lequel vous reconnaissez vous-même avoir volé quelques louis d'or dans le tiroir de mon bureau, comme un laquais.

— Vous feriez cela? s'écria Luc d'une voix étranglée.

— Pourquoi pas? reprit M. de Vindeuil, qui s'était levé à son tour, et qui arpentait à grands pas le cabinet. Ce n'est pas une act on bien élégante. D'accord. Ma s je sers un intérêt supérieur... Et puis, quoi? je suis chrétien et catholique, — comme vous êtes athée, — avec passion, et je n'ai que ce moyen de satisfaire ma passion.., Voyons, remettez-vous, continua le comte. après un regard sur Henri Luc, qui s'était écroulé dans un fauteuil. Je ne tiens nullement à vous perdre, et les choses, je vous assure, sont arrangeables... Ne pouvez-vous être pris, cette nuit, d'une indisposition subite, vous trouver, demain ma tin, hors d'état de sortir ? Je n'exige pas de vous, remarquez-le bien, que vous abandonniez vos principes et votre parti... Non, rien qu'une abstention momentanée, une trêve d'un jour... Je m'étonne même de rencontrer tant de résistance et d'avoir été forcé de recourir à la menace, d'employer des armes qui me répugnent... Si vous n'avez pas encore compris que, dans certains cas, il faut montrer de la souplesse, faire quelques concessions, je déscspère, en vérité, de votre avenir politique... Voyons, un bon mouvement, et dites-moi que je puis compter sur vous.

Accablé, prostré, les coudes aux genoux, la tête dans ses mains, Henri Luc se laissait couler au fond de son désespoir. C'était donc vrai? Ce crime de sa jeunesse, qui l'avait toujours suivi, comme un témoin invisible, pendant ces dix années de labeur et de probité, ce crime l'arrêtait net, aujourd'hui, dans la bonne route et lui tombait lourdement sur l'épaule,

comme la poigne d'un argousin. Le malheureux était en proie à l'épouvante d'un homme jadis atteint d'une lèpre, qui longtemps s'en est cru guéri, et qui tout à

coup en voit reparaître les hideuses pustules. Que répondre? S'il résistait au comte, il était ignoble devant tous, et s'il cédait, il l'était à ses propres yeux. Et réellement, il faut le dire, Henri Luc avait reconquis sa conscience, car l'infamie publique ne lui inspirait pas moins d'horreur que le déshonneur inconnu. De plus, à sa torture morale s'ajoutait un étonnement douloureux. Était-il possible que ce fût le loyal M. de Vindeuil qui lui offrît ce honteux marché? Était-ce vraiment cet homme de bonté et de compassion qu'il entendait, malgré son trouble, lui parler avec cet accent d'impitoyable dédain? Que faire? Aucune issue ! Il était entre deux abîmes !... Et le misérable homme souffrait à ce point qu'il éprouva presque un soulagement, quand la voix secrète qui conseille les désespérés lui murmura, tout bas à l'oreille, ce mot tragique : « La Mort ! »

Il n'hésita pas. Se dressant brusquement, il fit deux pas vers M. de Vindeuil et le regarda dans les yeux.

— Ainsi, dit-il sourdement, vous tenez à ce que ce discours ne soit pas prononcé?

— Sans doute, répondit le comte avec froideur. Ai-je besoin de vous le répéter?

— Rassurez-vous donc... Il ne le sera pas.

Le gentilhomme eut un petit rire et un léger haussement d'épaules.

— Allons donc !... Nous y voilà, fit-il.

Mais, soudain, il crut voir les yeux de Luc pâlir, comme dans une agonie.

— Je ne parlerai pas demain à la Chambre, reprit l'infortuné, parce que, cette nuit, je me ferai sauter la cervelle.

— Vous vous tueriez? s'écria M. de Vindeuil surpris, avec une nuance de doute.

Le jeune homme affirma sa résolution d'un énergique hochement de tête.

— Voyez-vous une autre solution qui soit acceptable?... Vous venez ici, monsieur le comte, — et je suis stupéfait que ce soit vous, tel du moins que je vous ai connu autrefois, qui accomplissiez cette œuvre de bourreau, — vous venez ici, dis-je, me contraindre à une lâcheté, sous peine du pilori. Eh bien, ma mort vous répondra : « Ni l'un ni l'autre. »

— Vous vous tueriez? répéta M. de Vindeuil, baissant le front cette fois, et devenu pensif.

— Convenez, dit Henri Luc avec une amertume affreuse, convenez, malgré vos préjugés religieux, que ce suicide ne sera pas sans courage... Vous voyez cet intérieur paisible, ajouta-t-il en montrant la chambre pleine de livres ; c'était, il y a une heure, celui d'un homme heureux, autant qu'on peut l'être avec le remords d'une mauvaise action... Mais j'étais parvenu à l'endormir, à l'étouffer presque,

à force de travail... Si j'entr'ouvrais la porte que voici, je pourrais vous montrer, dans leur sommeil innocent et sans crainte, ma chère femme et mon pauvre petit garçon... J'ai eu tort de les aimer. Ces joies-là ne sont pas permises à celui qui a, comme moi, une tache dans son passé. Je ne vous dirai rien de mes rêves, de l'avenir qui s'ouvrait devant moi... Tenez, voilà un paquet de journaux où l'on me traite d'éminent, d'illustre orateur... Misères !... Je ne regrette de la vie que ces deux jeunes êtres, qui vont devenir une veuve et un orphelin... Tout de même, soyez franc, monsieur le comte, il y a quelque mérite à quitter tout cela... Allons ! Sans doute, j'étais indigne de ce bonheur, et vous qui me forcez si cruellement à y renoncer, peut-être agissez-vous, sans le savoir, au nom de la justice... N'importe ! tout à l'heure, en posant le revolver sur ma tempe, j'aurai au moins cette fierté de me dire que ma seule faute de jeunesse est bien expiée, puisque je meurs pour rester un honnête homme... Maintenant, monsieur, soyez assez bon pour me laisser seul. J'ai quelques adieux, un bout de testament à écrire... Mais vous pouvez partir tranquille... Henri Luc ne montera pas, demain, à la tribune.

Et il faisait un pas pour reconduire M. de Vindeuil, quand celui-ci, qui l'avait écouté avec une attention passionnée et une flamme d'émotion dans les yeux, tira de sa poche une enveloppe, et, la montrant à l'homme qui voulait mourir :

— Voici, dit-il d'une voix vibrante, la preuve de votre ancienne faute...

— Eh bien, après?... Vous ne pousserez pas la haine et l'esprit de parti jusqu'à déshonorer ma mémoire... Que pouvez-vous faire, à présent, de cet écrit?...

Le comte s'était approché de la cheminée, où brûlait un ardent feu de coke. Il y jeta le papier, qui flamba et fut aussitôt dévoré.

Henri Luc poussa un grand cri, et, sans comprendre encore pourquoi, instinctivement, comprit que tout était changé pour lui.

— Vous êtes libre, dit gravement M. de

IL Y JETA LE PAPIER

Vindeuil. Allez demain au Parlement, insultez-y nos croyances, réduisez nos prêtres à la misère. J'en serai navré, mais la justice avant tout... Écoutez ceci... Quand, après avoir signé ce papier, vous êtes sorti de chez moi, accablé de ma clémence et de mon bienfait, j'avais cette arrière-pensée, je vous le confesse, que ma bonne action serait inutile. Je ne croyais pas au relèvement moral d'un jeune homme sans foi, qui avait débuté par un acte contre l'honneur. Ayant appris, par monsieur Berthier et par d'autres, vos premiers succès, votre conduite correcte et respectable, ce fut pour moi comme une déception. Et lorsque je vous entendis citer, parmi les ennemis de la religion, comme un de ceux dont on ne pouvait ni blâmer les mœurs, ni suspecter la sincérité, — que Dieu me pardonne ce sentiment indigne d'un chrétien ! — j'en ai positivement souffert... Or, ce soir même, comme je vous l'ai dit, je lus dans un journal que vous alliez attaquer l'Église, et je me souvins de l'arme terrible que je possédais contre vous. J'eus ce mauvais désir alors d'obtenir du même coup, par un moyen dont je rougis à présent, et votre silence et la certitude que vous n'étiez qu'un hypocrite... Vous venez, au contraire, de me convaincre que je vous jugeais mal et de me rappeler que je ne me comportais pas ici comme un gentilhomme... Mais tout est réparé, et je n'ai plus qu'à vous prier d'agréer mes excuses.

Henri Luc, les yeux pleins de larmes, les mains tremblantes, était inondé de joie.

— Vos excuses ! s'écria-t-il. Quand je devrais me jeter à vos pieds, quand vous détruisez la dernière trace de mon coupable passé, quand je retrouve en vous l'homme plein de pardon qui m'a, jadis, épargné, sauvé !... Non, non, je ne parlerai pas demain contre vos amis. Je n'y engage, maintenant que je puis le faire de bonne volonté... Que dis-je? Un dégoût subit me vient pour la politique, pour cette vie de haine... Et je comprends que, bien au-dessus de tous les partis, il y a celui des honnêtes gens, parmi lesquels vous me rendez ma place... Ah ! monsieur de Vindeuil, que de générosité !

— Mon cher enfant, répondit le comte, très ému, en rendant à son ancien secrétaire le nom d'amitié qu'il lui donnait autrefois, nous nous sommes quittés, il y a dix ans, sans que nos mains se soient touchées... Voici la mienne : la voulez-vous? Je vous la tends pleine d'estime et d'amitié.

Et, le cœur délicieusement épanoui, pour la première fois de sa vie peut-être, Henri Luc, en serrant entre les siennes cette main chaude et loyale, sentit que sa faute de jeunesse était vraiment effacée pour toujours.

L'ENFANT PERDU

CONTE DE NOËL

Jules Claretie.

I

Ce matin-là, qui était la veille de Noël, deux événements d'importance eurent lieu simultanément. Le soleil se leva, — et M. Jean-Baptiste Godefroy aussi.

Sans doute, le soleil, — au cœur de l'hiver, après quinze jours de brume et de ciel gris, quand par bonheur le vent passe au nord-est et ramène le temps sec et clair, — le soleil, inondant tout à coup de lumière le Paris matinal, est un vieux camarade que chacun revoit avec plaisir. Il est d'ailleurs un personnage considérable. Jadis, il a été dieu : il s'est appelé Osiris, Apollon, est-ce que je sais ? et il n'y a pas deux siècles qu'il régnait en France, sous le nom de Louis XIV. Mais M. Jean-Baptiste Godefroy, financier richissime, directeur du Comptoir général de crédit, administrateur de plusieurs grandes compagnies, député et membre du Conseil général de l'Eure, officier de la Légion d'honneur, etc., etc., n'était pas non plus un homme à dédaigner. Et puis l'opinion que le soleil peut avoir sur son propre compte n'est certainement pas plus flatteuse que celle que M. Jean-Baptiste Godefroy avait de lui-même. Nous sommes donc autorisé à dire que, le matin en question, vers huit heures moins le quart, le soleil et M. Jean-Baptiste Godefroy se levèrent.

Par exemple, le réveil de ces puissants seigneurs fut tout à fait différent. Le bon vieux soleil, lui, commença par faire une foule de choses charmantes. Comme le grésil, pendant la nuit, avait confit dans du sucre en poudre les platanes dépouillés du boulevard Malesherbes, où est situé l'hôtel Godefroy, ce magicien de soleil s'amusa d'abord à les transformer en gigantesques bouquets de corail rose ; et, tout en accomplissant ce délicieux tour de fantasmagorie, il répandit, avec la plus impartiale bienveillance, ses rayons sans chaleur, mais joyeux, sur tous les humbles passants que la nécessité de gagner leur vie forçait à être dehors de si bonne heure. Il eut le même sourire pour le petit employé en paletot trop mince se hâtant vers son bureau, pour la grisette frissonnant sous sa « confection » à bon marché, pour l'ouvrier portant la moitié d'un pain rond sous son bras, pour le conducteur de tramway faisant sonner son compteur, pour le marchand de marrons en train de griller sa première poêlée. Enfin ce brave homme de soleil fit plaisir à tout le monde. M. Jean-Baptiste Godefroy, au contraire, eut un réveil assez maussade. Il avait assisté, la veille, chez le ministre de l'agriculture, à un dîner encombré de truffes, depuis le relevé du potage jusqu'à la salade, et son estomac de quarante-sept ans éprouvait la brûlante morsure du pyrosis. Aussi, à la façon dont M. Godefroy donna son premier coup de sonnette, Charles, le valet de chambre, tout en prenant de l'eau chaude pour la barbe du patron, dit à la fille de cuisine :

— Allons, bon !... Le « singe » est encore d'une humeur massacrante, ce matin... Ma pauvre Gertrude, nous allons avoir une sale journée.

Puis, marchant sur la pointe du pied, les yeux modestement baissés, il entra dans la chambre à coucher, ouvrit les rideaux, alluma le feu et prépara tout ce qu'il fallait pour la toilette, avec les façons discrètes et les gestes respectueux d'un sacristain disposant les objets du culte sur l'autel, avant la messe de M. le curé.

— Quel temps, ce matin? demanda d'une voix brève M. Godefroy, en boutonnant son veston de molleton gris sur un abdomen un peu trop majestueux déjà.

— Très froid, monsieur, répondit Charles. A six heures, le thermomètre marquait sept degrés au-dessous de zéro. Mais monsieur voit que le ciel s'est éclairci, et je crois que nous aurons une belle matinée.

Tout en repassant son rasoir, M. Godefroy s'approcha de la fenêtre, écarta l'un des petits rideaux, vit le boulevard baigné de lumière et fit une légère grimace qui ressemblait à un sourire. Mon Dieu, oui ! On a beau être plein de morgue et de tenue, et savoir parfaitement qu'il est du plus mauvais genre de manifester quoi que ce soit devant les domestiques, l'apparition de ce gueusard de soleil, en plein mois de décembre, donne une sensation si agréable qu'il n'y a guère moyen de la dissimuler. M. Godefroy daigna donc sourire. Si quelqu'un lui avait dit alors que cette satisfaction instinctive lui était commune avec l'apprenti typographe en bonnet de papier qui faisait une glissade sur le ruisseau gelé d'en face, M. Godefroy eût été profondément choqué. C'était ainsi pourtant ; et, pendant une minute, cet homme écrasé d'affaires, ce gros bonnet du monde politique et financier, fit cet enfantillage de regarder les passants et les voitures qui filaient joyeusement dans la brume dorée.

Mais, rassurez-vous, cela ne dura qu'une minute. Sourire à un rayon de soleil, c'est bon pour les gens inoccupés, pas sérieux ; c'est bon pour les femmes, les enfants, les poètes, la canaille. M. Godefroy avait d'autres chats à fouetter, et, précisément pour cette journée qui commençait, son programme était très chargé. De huit heures et demie à dix heures, il avait rendez-vous, dans son cabinet, avec un certain nombre de messieurs très agités, tous habillés et rasés comme lui dès l'aurore et comme lui sans fraîcheur d'âme, qui devaient venir lui parler de toutes sortes d'affaires, ayant toutes le même but : gagner de l'argent. Après déjeuner, — et il ne fallait pas s'attarder aux petits verres, — M. Godefroy était obligé de sauter dans son coupé et de courir à la Bourse, pour y échanger quelques paroles avec d'autres messieurs qui s'étaient aussi levés de bonne heure et qui n'avaient pas non plus de petite fleur bleue dans l'imagination ; et cela toujours pour le même motif : gagner de l'argent. De là, sans perdre un instant, M. Godefroy allait présider, devant une table verte encombrée d'encriers siphoïdes, un nouveau groupe de compagnons dépourvus de tendresse et s'entretenir avec eux de divers moyens de gagner de l'argent. Après quoi, il devait paraître, comme député, dans trois ou quatre commissions et sous-commissions, toujours avec tables vertes et encriers siphoïdes, où il rejoindrait d'autres personnages peu sentimentaux, tous incapables aussi, je vous prie de le croire, de négliger la moindre occasion de gagner de l'argent, mais qui avaient pourtant la bonté de sacrifier quelques précieuses heures de l'après-midi pour assurer, par-dessus le marché, la gloire et le bonheur de la France.

Après s'être vivement rasé, en épargnant toutefois le collier de barbe poivre et sel qui lui donnait un air de famille avec les Auvergnats et les singes de la grande espèce, M. Godefroy revêtit un « complet » du matin, dont la coupe élégante et un peu jeunette prouvait que ce veuf, cinglant vers la cinquantaine, n'avait pas absolument renoncé à plaire. Puis il descendit dans son cabinet, où commença le défilé des hommes peu tendres et sans rêverie, uniquement préoccupés d'augmenter leur bien-aimé capital. Ces messieurs parlèrent de plusieurs entreprises en projet, également considérables, notamment d'une nouvelle ligne de chemin de fer à lancer à travers un désert sauvage, d'une usine monstre à fonder aux environs de Paris, et d'une mine de n'importe quoi à exploiter dans je ne sais plus quelle république de l'Amérique du Sud. Bien entendu, on n'agita pas un seul instant la question de savoir si le futur railway aurait à transporter un grand nombre de voyageurs et une grande quantité de marchandises, si l'usine fabriquerait du sucre ou des bonnets de coton, si la mine produirait de l'or vierge ou du cuivre de deuxième qualité. Non ! Les dialogues de M. Godefroy et de ses visiteurs matinaux roulèrent exclusivement sur le bénéfice plus ou moins gros à réaliser, dans les huit jours qui suivraient l'émission, en spéculant sur les actions de ces diverses affaires, actions très probablement destinées du reste, et dans un bref délai, à n'avoir plus d'autre valeur que le poids du papier et le mérite de la vignette.

Ces conversations nourries de chiffres durèrent jusqu'à dix heures précises, et M. le directeur du Comptoir général de crédit, qui était honnête homme pourtant, autant qu'on peut l'être dans les « affaires », reconduisit jusque sur le palier, avec les plus grands égards, son dernier visiteur, vieux filou cousu d'or qui, par un hasard assez fréquent, jouissait de la considération générale, au lieu d'être logé à Poissy ou à Gaillon, aux frais de l'État, pendant un laps de temps fixé par les tribunaux, et de s'y livrer à une besogne honorable et hygiénique telle que la confection des chaussons de lisière ou de la brosserie à bon marché. Puis M. le directeur consigna sa porte impitoyablement — il fallait être à la Bourse à onze heures — et passa dans la salle à manger.

Elle était somptueuse. On aurait pu constituer le trésor d'une cathédrale avec les massives argenteries qui encombraient bahuts et dressoirs. Néanmoins, malgré l'absorption d'une dose copieuse de bicarbonate de soude, le pyrosis de M. Godefroy était à peine calmé, et le financier ne s'était commandé qu'un déjeuner de dyspeptique. Au milieu de ce luxe de table, devant ce décor qui célébrait la bombance, et sous l'œil impassible d'un maître d'hôtel à deux cents louis de gages, qui s'en faisait deux fois autant par la vertu de l'anse du panier, M. Godefroy ne mangea donc, d'un air assez piteux, que deux œufs à la coque et la noix d'une côtelette ; et encore, l'un des œufs sentait la paille. L'homme plein d'or chipotait son dessert, — oh ! presque rien, un peu de roquefort, à peine pour deux ou trois sous, je vous assure, — lorsqu'une porte s'ouvrit, et soudain, gracieux et mignon, bien qu'un peu chétif dans son costume de velours bleu et trop pâlot sous son énorme feutre à plume blanche, le fils de M. le directeur, le jeune Raoul, âgé de quatre ans, entra dans la salle à manger, conduit par son Allemande.

Cette apparition se produisait chaque jour, à onze heures moins le quart exactement, lorsque le coupé, attelé pour la Bourse, attendait devant le perron, et que l'alezan brûlé, vendu à M. Godefroy, par les soins de son cocher, mille francs de plus qu'il ne valait, grattait, d'un sabot impatient, le dallage de la cour. L'illustre brasseur d'argent s'occupait de son fils de dix heures quarante-cinq à onze heures. Pas plus, pas moins. Il n'avait qu'un quart d'heure, juste, à consacrer au sentiment paternel. Non qu'il n'aimât pas son fils, grand Dieu! Il l'adorait, à sa façon. Mais, que voulez-vous, les affaires !...

A quarante-deux ans, plus que mûr et passablement fripé, il s'était cru très amoureux, par pur snobisme, de la fille d'un de ses camarades de cercle, le marquis de Neufontaine, vieux chat teint, joueur comme les cartes, qui, sans la compassion vaniteuse de M. Godefroy, eût été plus d'une fois affiché au club. Ce gentilhomme effondré, mais toujours très chic, et qui venait encore de « lancer » une casquette pour bains de mer, fut trop heureux de devenir le beau-père d'un homme qui payerait ses dettes et livra sans scrupule au banquier fatigué une ingénue de dix-sept ans, d'une beauté suave et frêle, sortant d'un couvent de province, et n'ayant pour dot que son trousseau de pensionnaire et qu'un trésor de préjugés aristocratiques et d'illusions romanesques. M. Godefroy, fils d'un avoué grippe-sou des Andelys, était resté « peuple » et même fort vulgaire malgré son fabuleux avancement dans la hiérarchie sociale. Il blessa tout de suite sa jeune femme dans toutes ses délicatesses ; et les choses allaient mal tourner, quand la pauvre enfant fut emportée, à sa première couche. Presque élégiaque lorsqu'il parlait de sa défunte épouse, avec laquelle il eût sans doute divorcé si elle avait vécu six mois de plus, M. Godefroy aimait son petit Raoul pour plusieurs raisons : d'abord à titre de fils unique, puis comme produit rare et distingué d'un Godefroy et d'une Neufontaine, enfin et surtout par le respect qu'inspirait à cet homme d'argent l'héritier d'une fortune de plusieurs millions. Le bébé fit donc ses premières dents sur un hochet d'or et fut élevé comme un dauphin. Seulement, son père, accablé de besogne, débordé d'occupations, ne pouvait lui consacrer que quinze minutes par jour, — comme aujourd'hui, au moment du roquefort, — et l'abandonnait aux domestiques.

— Bonjour, Raoul.

— Bonzou, p'pa.

Et M. le directeur du Comptoir général de crédit, ayant jeté sa serviette, installa sur sa cuisse gauche le jeune Raoul, prit dans sa grosse patte la petite main de l'enfant et la baisa plusieurs fois, oubliant, ma parole d'honneur ! la hausse de vingt-cinq centimes sur le trois pour cent, les tables couleur de pâturage et les encriers volumineux devant lesquels il devait traiter tout à l'heure de si grosses questions d'intérêt, et même son vote de l'après-midi pour ou contre le ministère, selon qu'il obtiendrait ou non, en faveur de son bourg-pourri, une place de sous-préfet, deux de percepteur, trois de garde champêtre, quatre bureaux de tabac, plus une pension pour le cousin issu de germain d'une victime du Deux-Décembre.

— P'pa, et le p'tit Noël... Y mettra-ti'-tet'chose dans mon soulier? demanda tout à coup Raoul, dans son *sabir* enfantin.

Le père, après un : « Oui, si tu as été sage », fort surprenant chez ce député libre penseur, qui, à la Chambre, appuyait d'un énergique : « Très bien ! » toutes les propositions anticléricales, prit note, dans le meilleur coin de sa mémoire, qu'il aurait à acheter des joujoux. Puis, s'adressant à la gouvernante :

— Vous êtes toujours contente de Raoul, mademoiselle Bertha?

L'Allemande, qui se faisait passer pour Autrichienne, cela va sans dire, mais qui était, en réalité, la fille d'un pasteur poméranien affligé de quatorze enfants, devint rouge comme une tomate sous ses cheveux blonds albinos, comme si la question toute simple qu'on lui adressait eût été de la pire indécence, et, après avoir donné cette preuve de respect intimidé, répondit

par un petit rire imbécile, qui parut satisfaire pleinement la curiosité de M. Godefroy sur la conduite de son fils.

— Il fait beau aujourd'hui, reprit le
financier, mais froid. Si vous menez Raoul
au parc Monceau, mademoiselle, vous
aurez soin, n'est-ce pas? de le bien couvrir.

La « fräulein », par un second accès de
rire idiot, ayant rassuré M. Godefroy sur
ce point essentiel, il embrassa une dernière fois le bébé, se leva de table — onze
heures sonnaient au cartel — et s'élança
vers le vestibule, où Charles, le valet de
chambre, lui enfila sa pelisse et referma
sur lui la portière du coupé. Après quoi,
ce serviteur fidèle courut immédiatement
au petit café de la rue Miromesnil, où il
avait rendez-vous avec le groom de la
baronne d'en face, pour une partie de
billard, en trente liés, avec défense de
« queuter », bien entendu.

II

Grâce au bai brun, — payé mille francs
de trop, à la suite d'un déjeuner d'escar-
gots offert par le maquignon au cocher
de M. Godefroy, — grâce à cet animal d'un
prix excessif, mais qui filait bien tout de
même, M. le directeur du Comptoir général de crédit put accomplir, sans aucun
retard, sa tournée d'affaires. Il parut à la
Bourse, siégea devant plusieurs encriers
monumentaux, et même vers cinq heures
moins le quart, il rassura la France et
l'Europe inquiète des bruits de crise, en
votant pour le ministère ; car il avait
obtenu les faveurs sollicitées, y compris
la pension pour celui de ses électeurs dont
l'oncle à la mode de Bretagne avait été
révoqué d'un emploi de surnuméraire non
rétribué, à l'époque du coup d'État.

Attendri sans doute par la satisfaction
d'avoir contribué à cet acte de justice tar-
dive, M. Godefroy se souvint alors de ce
que lui avait dit Raoul au sujet des pré-
sents du petit Noël, et jeta à son cocher
l'adresse d'un grand marchand de jouets.
Là, il acheta et fit transporter dans sa

voiture un cheval fantastique en bois
creux monté sur roulettes, avec une mani-
velle dans chaque oreille ; une boîte de
soldats de plomb aussi semblables les uns
aux autres que les grenadiers de ce régiment russe, du temps de Paul Ier, qui tous
avaient les cheveux noirs et le nez re-
troussé ; vingt autres joujoux éclatants
et magnifiques. Puis, en rentrant chez lui,
doucement bercé sur les coussins de son
coupé bien suspendu, l'homme riche, qui,
après tout, avait des entrailles de père,
se mit à penser à son fils avec orgueil.

L'enfant grandirait, recevrait l'éducation d'un prince, en serait un, parbleu !
puisque, grâce aux conquêtes de 89, il n'y
avait plus d'aristocratie que celle de l'argent et que Raoul aurait, un jour, vingt,
vingt-cinq, qui sait ! trente millions de
capital. Si son père, petit provincial, fils
d'un méchant noircisseur de papier tim-
bré ; son père, qui avait dîné à vingt-deux
sous jadis au quartier Latin, et se rendait
bien compte, chaque soir, en mettant sa
cravate blanche, qu'il avait l'air d'un
marié du samedi ; si ce père, malgré sa
tache originelle, avait pu accumuler une
énorme fortune, devenir fraction de roi
sous la République parlementaire et obtenir en mariage une demoiselle dont un
ancêtre était mort à Marignan, à quoi
donc ne pouvait pas prétendre Raoul, dès
l'enfance beau comme un gentilhomme,
Raoul, au sang affiné par l'atavisme maternel, Raoul, de qui l'intelligence serait cul-
tivée comme une fleur rare, qui apprenait
déjà les langues étrangères dès le berceau,
qui, l'an prochain, aurait le derrière sur
une selle de poney, Raoul, qui serait un
jour autorisé à joindre à son nom celui de
sa mère, et s'appellerait ainsi Godefroy de
Neufontaine, Godefroy devenant le prénom, et quel prénom ! royal, moyenâgeux,
sentant à plein nez la croisade ?... Avec
des millions, quel avenir! quelle carrière!...
Et le démocrate — il y en a plus d'un
comme celui-ci, n'en doutez pas ! — ima-
ginait naïvement la monarchie restaurée,
— en France, tout arrive, — voyait son
Raoul, non ! son Godefroy de Neufontaine marié au Faubourg, bien vu au

château, puis, qui sait ? tout près du trône, avec une clef de chambellan dans le dos et un blason tout battant neuf sur son argenterie et sur les panneaux de son carrosse !... O sottise, sottise ! Ainsi rêvait le parvenu gorgé d'or, dans sa voiture qu'encombraient tous ces joujoux achetés pour la Noël, — sans se rappeler, hélas ! que c'était, ce soir-là, la fête d'un très pauvre petit enfant, fils d'un couple vagabond, né dans une étable, où l'on avait logé ses parents par charité.

Mais le cocher a crié : « Port', siou plaît ! » On rentre à l'hôtel ; et, franchissant les degrés du perron, M. Godefroy se dit qu'il n'a que le temps de faire sa toilette du soir, lorsque, dans le vestibule, il voit tous ses domestiques, en cercle devant lui, l'air consterné, et, dans un coin, affalée sur une banquette, l'Allemande, qui pousse un cri en l'apercevant et cache aussitôt dans ses deux mains son visage bouffi de larmes. M. Godefroy a le pressentiment d'un malheur.

— Qu'est-ce que cela veut dire ?... Qu'y a-t-il ?...

Charles, le valet de chambre, — un drôle de la pire espèce, pourtant, — regarde son maître avec des yeux pleins de pitié, et, bégayant et troublé :

— Monsieur Raoul !...

— Mon fils !...

— Perdu, monsieur !... Cette stupide Allemande !... Perdu depuis quatre heures de l'après-midi !...

Le père recule de deux pas en chancelant, comme un soldat frappé d'une balle ; et l'Allemande se jette à ses pieds, hurlant d'une voix de folle : « Pardon !... Pardon ! » et les laquais parlent tous à la fois.

— Bertha n'était pas allée au parc Monceau... C'est là-bas, sur les fortifications, qu'elle a laissé se perdre le petit... On a cherché partout monsieur le directeur ; on est allé au Comptoir, à la Chambre ; il venait de partir... Figurez-vous que l'Allemande rejoignait tous les jours son amoureux, au delà du rempart, près de la porte d'Asnières... Quelle horreur !... Un quartier plein de bohémiens, de sal-

timbanques ! Qui sait si l'on n'a pas volé l'enfant ?... Ah ! le commissaire était déjà prévenu... Mais conçoit-on cela ? Cette sainte-nitouche !... Des rendez-vous avec un amant, un homme de son pays !... Un espion prussien, pour sûr !...

Son fils ! Perdu ! M. Godefroy entend l'orage de l'apoplexie gronder dans ses oreilles. Il bondit sur l'Allemande, l'empoigne par le bras, la secoue avec fureur.

— Où l'avez-vous perdu de vue, misérable ?... Dites la vérité, ou je vous écrase ! Où ça ? Où ça ?...

Mais la malheureuse fille ne sait que pleurer et crier grâce. Voyons, du calme !... Son fils ! son fils à lui, perdu, volé ? Ce n'est pas possible ! On va le lui retrouver, le lui rendre tout de suite. Il peut jeter l'or à poignées, mettre toute la police en l'air. Ah ! pas un instant à perdre.

— Charles, qu'on ne dételle pas... Vous autres, gardez-moi cette coquine... Je vais à la Préfecture.

Et M. Godefroy, le cœur battant à se rompre, les cheveux soulevés d'épouvante, s'élance de nouveau dans son coupé, qui repart d'un trot enragé. Quelle ironie. La voiture est pleine de jouets étincelants, où chaque bec de gaz, chaque boutique illuminée allume au passage cent paillettes de feu. C'est aujourd'hui la fête des enfants, ne l'oublions pas, la fête du nouveau-né divin, que sont venus adorer les mages et les bergers conduits par une étoile.

— Mon Raoul !... mon fils !... Où est mon fils ?... se répète le père crispé par l'angoisse et déchirant ses ongles au cuir des coussins. A quoi lui servent maintenant ses titres, ses honneurs, ses millions, à l'homme riche, au gros personnage ? Il n'a plus qu'une idée, fixée comme un clou de feu, là, entre ses deux sourcils, dans son cerveau douloureux et brûlant : Mon enfant, où est mon enfant ?...

Voici la Préfecture de police. Mais il n'y a plus personne ; les bureaux sont désertés depuis longtemps.

— Je suis monsieur Godefroy, député de l'Eure... Mon fils est perdu dans Paris ;

L'ALLEMANDE REJOIGNAIT TOUS LES JOURS SON AMOUREUX

un enfant de quatre ans !... Je veux absolument voir monsieur le préfet.

Et un louis dans la main du concierge.

Le bonhomme, un vétéran à moustaches
grises, moins pour la pièce d'or que par
compassion pour ce pauvre père, le conduit aux appartements privés du préfet,
l'aide à forcer les consignes. Enfin, M. Go-

que l'enfant a dù se perdre vers quatre
heures ?

— Oui, monsieur le préfet.

— A la nuit tombante... Diable !... Et
il n'est pas avancé pour son âge ; il parle
mal, ignore son adresse, ne sait pas prononcer son nom de famille ?

— Oui !... Hélas ! oui !...

TOMBE DANS UN FAUTEUIL

defroy est introduit devant l'homme en
qui repose à présent toute son espérance,
un beau fonctionnaire, en tenue de soirée,
— il allait sortir, — l'air réservé, un peu
prétentieux, le monocle à l'œil.

M. Godefroy, les jambes cassées par
l'émotion, tombe dans un fauteuil, fond
en larmes, et raconte son malheur, en
phrases bredouillées, coupées de sanglots.

Le préfet — il est père de famille, lui
aussi — a le cœur tout remué ; mais, par
profession, il dissimule son accès de sensibilité, se donne de l'importance.

— Et vous dites, monsieur le député,

— Du côté de la porte d'Asnières ?...
Quartier suspect... Mais remettez-vous...
Nous avons par là un commissaire de
police très intelligent... Je vais téléphoner.

L'infortuné père reste seul pendant
cinq minutes. Quelle atroce migraine !
quels battements de cœur fous ! Puis,
brusquement, le préfet reparaît, le sourire
aux lèvres, un contentement dans le
regard :

— Retrouvé !

Oh ! le cri de joie furieuse de M. Godefroy ! Comme il se jette sur les mains du
préfet, les serre à les broyer !

— Et il faut convenir, monsieur le
député, que nous avons de la chance...
Un petit blond, n'est-ce pas? un peu
pâle?... Costume de velours bleu?... Chapeau de feutre à plume blanche?...

— Oui, parfaitement... C'est lui! c'est
mon petit Raoul !

— Eh bien, il est chez un pauvre diable
qui loge de ce côté-là, et qui est venu
tout à l'heure faire sa déclaration au
commissariat... Voici l'adresse par écrit :
Pierron, rue des Cailloux, à Levallois-
Perret. Avec une bonne voiture, vous
pourrez revoir votre fils avant une heure...
Par exemple, ajoute le fonctionnaire, vous
n'allez pas retrouver votre enfant dans un
milieu bien aristocratique, dans la « haute »,
comme disent nos agents. L'homme qui
l'a recueilli est tout simplement un marchand des quatre saisons... Mais qu'importe ! n'est-ce pas ?...

Ah ! oui, qu'importe ! M. Godefroy
remercie le préfet avec effusion, descend
l'escalier quatre à quatre, remonte en
coupé, et, dans ce moment, je vous en
réponds, si le marchand des quatre saisons
était là, il lui sauterait au cou. Oui,
M. Godefroy, directeur du Comptoir général de crédit, député, officier de la Légion
d'honneur, etc., etc., accolerait ce plébéien ! Mais, dites-moi donc, est-ce que,
par hasard, il y aurait autre chose, dans
ce richard, que la frénésie de l'or et des
vanités ? A partir de cette minute, il
reconnaît seulement à quel point il aime
son enfant. Fouette, cocher ! Celui que tu
emportes, dans un coupé, par cette froide
nuit de Noël, ne songe plus à entasser
pour son fils millions sur millions, à le
faire éduquer comme un Fils de France,
à le lancer dans le monde ; et pas de danger, désormais, qu'on le laisse aux mains
des mercenaires ! A l'avenir, M. Godefroy
sera capable de négliger ses propres affaires
et celles de la France — qui ne s'en por-
tera pas plus mal — pour s'occuper un
peu plus sérieusement de son petit Raoul.
Il fera venir des Andelys la sœur de
son père, la vieille tante restée à moitié
paysanne, dont il avait la sottise de rou-
gir. Elle scandalisera la valetaille par son
accent normand et ses bonnets de linge.
Mais elle veillera sur son petit-neveu, la
bonne femme. Fouette, fouette, cocher !
Ce patron, toujours si pressé, que tu as
conduit à tant de rendez-vous intéressés,
à tant de réunions de gens cupides, est,
ce soir, encore plus impatient d'arriver,
et il a un autre souci que de gagner de
l'argent. C'est la première fois de sa vie
qu'il va embrasser son enfant pour de bon.
Fouette donc, cocher ! Plus vite ! Plus vite !

Cependant, par la nuit froide et claire,
le coupé rapide a de nouveau traversé
Paris, dévoré l'interminable boulevard
Malesherbes ; et, le rempart franchi, après
les maisons monumentales et les élégants
hôtels, tout de suite voici la solitude
sinistre, les ruelles sombres de la banlieue.
On s'arrête, et M. Godefroy, à la clarté
des lanternes éclatantes de sa voiture,
voit une basse et sordide baraque de plâ-
tras, un bouge. C'est bien le numéro, c'est
là que loge ce Pierron. Aussitôt la porte
s'ouvre, et un homme paraît, un grand
gaillard, une tête française, à moustaches
rousses. C'est un manchot, et la manche
gauche de son tricot de laine est pliée
en deux sous l'aisselle. Il regarde l'élégant coupé, le bourgeois en belle pelisse,
et dit gaiement :

— Alors, monsieur, c'est vous qui êtes
le papa?... Ayez pas peur... Il n'est rien
arrivé au gosse.

Et, s'effaçant pour permettre au visiteur d'entrer, il ajoute, en mettant un
doigt sur sa bouche :

— Chut ! il fait dodo.

III

Un bouge, en vérité ! A la lueur d'une
petite lampe à pétrole qui éclaire très mal
et qui sent très mauvais, M. Godefroy
distingue une commode à laquelle manque un tiroir, quelques chaises éclopées,
une table ronde où flânent un litre à moitié vide, trois verres, du veau froid dans
une assiette, et, sur le plâtre nu de la
muraille, deux chromos : l'Exposition de
89 à vol d'oiseau, avec la tour Eiffel en

bleu de perruquier, et le portrait du général Boulanger, jeune et joli comme un
sous-lieutenant. Excusez cette dernière
faiblesse chez l'habitant de ce pauvre
logis : elle a été partagée par presque toute
la France.

Mais le manchot a pris la lampe et,
marchant sur la pointe du pied, éclaire
un coin de la chambre, où, sur un lit assez
propre, deux petits garçons sont profon-

A LA LUEUR D'UNE PETITE LAMPE

dément endormis. Dans le plus jeune des
deux enfants, que l'autre enveloppe d'un
bras protecteur et serre contre son épaule,
M. Godefroy reconnaît
son fils.

— Les deux mômes
mouraient de sommeil, li
dit Pierron, en essayant
d'adoucir sa voix rude...
Comme je ne savais
pas quand on viendrait
réclamer le petit aristo,
je leur ai donné mon
« pieu », et, dès qu'ils
ont tapé de l'œil, j'ai
été faire ma déclara-
tion au commissaire......
D'ordinaire, Zidore a
son petit lit dans la
soupente ; mais je me
suis dit : Ils seront
mieux là. Je veillerai,
voilà tout. Je serai
plus tôt levé demain
pour aller aux Halles.

Mais M. Godefroy
écoute à peine. Dans
un trouble tout nou-
veau pour lui, il con-
sidère les deux enfants
endormis. Ils sont dans
un méchant lit de fer,
sur une couverture
grise de caserne ou
d'hôpital. Pourtant
quel groupe touchant
et gracieux ! Et comme
Raoul, qui a gardé son
joli costume de ve-
lours, et qui reste
blotti avec une con-
fiance peureuse dans
les bras de son cama-
rade en blouse, semble
faible et délicat ! Le père, un instant privé
de son fils, envie presque le teint brun et
l'énergique visage du petit faubourien.

— C'est votre fils ? demande-t-il au
manchot.

— Non, monsieur, répond l'homme.
Je suis garçon et je ne me marierai sans

doute pas, rapport à mon accident... oh !
bête comme tout ! un camion qui m'a
passé sur le bras... Mais voilà. Il y a deux
ans, une voisine, une pauvre fille plantée
là par un coquin avec un enfant sur les
bras, est morte à la peine. Elle travaillait
dans les couronnes de perles, pour les
cimetières. On n'y gagne pas sa vie, à ce
métier-là. Elle a élevé son petit jusqu'à
l'âge de cinq ans, et puis, ç'a été pour
elle, à son tour, que les voisines ont
acheté des couronnes. Alors je me
suis chargé du gosse. Oh! je n'ai
pas eu grand mérite, et
j'ai été bien vite récom-
pensé. A sept ans, c'est
déjà un petit homme, et
il se rend utile. Le di-
manche et le jeudi, et
aussi les autres jours,
après l'école, il est avec
moi, tient les balances,
m'aide à pousser ma
charrette, ce qui ne m'est
pas trop commode, avec
mon aileron... Dire
qu'autrefois j'étais un
bon ajusteur, à dix francs
par jour !... Allez! Zidore
est joliment débrouil-
lard. C'est lui qui a ra-
massé le petit bourgeois.
— Comment ? s'écrie
M. Godefroy. C'est cet
enfant ?...

— Un petit homme, que je vous dis.
Il sortait de la classe, quand il a rencontré
l'autre qui allait tout droit devant lui,
sur le trottoir, en pleurant comme une fon-
taine. Il lui a parlé comme à un copain, l'a
consolé, rassuré du mieux qu'il a pu. Seulement, on ne comprend pas bien ce qu'il
raconte, votre bonhomme. Des mots d'anglais, des mots d'allemand ; mais pas
moyen de lui tirer son nom et son adresse...
Zidore me l'a amené ; je n'étais pas loin de
là, à vendre mes salades. Alors les commères nous ont entourés, en coassant
comme des grenouilles. « Faut le mener
chez le commissaire. » Mais Zidore a pro-
testé. « Ça fera peur au môme, » qu'il

disait. Car il est comme tous les Parisiens : il n'aime pas les sergots. Et puis
votre gamin ne voulait plus le quitter.
Ma foi, tant pis ! j'ai raté ma vente, et je
suis rentré ici avec les mioches. Ils ont
mangé un morceau ensemble, comme une
paire d'amis, et puis, au dodo !... Sont-ils
gentils tout de même,
hein ?

C'est étrange, ce qui
se passe dans l'âme de
M. Godefroy. Tout à

IL SORTAIT DE LA CLASSE

l'heure, dans sa voiture, il se proposait
bien, sans doute, de donner à celui qui
avait recueilli son fils une belle récom-
pense, une poignée de cet or si facilement
gagné en présence des encriers siphoïdes.
Mais on vient de lever devant l'homme
riche un coin du rideau qui cache la
vie des pauvres, si vaillants dans leur
misère, si charitables entre eux. Le
courage de cette fille-mère se tuant de
travail pour son enfant, la générosité de
cet infirme adoptant un orphelin, et surtout l'intelligente bonté de ce gamin de la
rue, de ce petit homme secourable pour un
plus petit, le recueillant, se faisant tout de
suite son ami et son frère aîné, et lui épar-

gnant, par un instinct délicat, le grossier contact de la police, tout cela émeut M. Godefroy et lui donne à réfléchir. Non, il ne se contentera pas d'ouvrir son portefeuille. Il veut faire mieux et plus pour Zidore et pour Pierron le manchot, assurer leur avenir, les suivre de sa bienveillance. Ah ! si les peu sentimentaux personnages qui viennent constamment parler d'affaires à M. le directeur du Comptoir général de crédit pouvaient lire en ce moment dans son esprit, ils seraient profondément étonnés ; et pourtant M. le directeur vient de faire la meilleure affaire de sa vie : il vient de découvrir un cœur de brave homme. Oui, M. le directeur, vous comptiez offrir une gratification à ces pauvres gens, et voilà que ce sont eux qui vous font un magnifique cadeau, celui d'un sentiment, et du plus doux, du plus noble de tous, la pitié. Car M. Godefroy songe, à présent, — et il s'en souviendra, — qu'il y a d'autres estropiés que Pierron, l'ancien ajusteur devenu marchand de verdure, d'autres orphelins que le petit Zidore. Bien plus, il se demande, avec une inquiétude profonde, si l'argent ne doit vraiment servir qu'à engendrer l'argent, et si l'on n'a pas mieux à faire, entre ses repas, que de vendre en hausse des valeurs achetées en baisse et d'obtenir des places pour ses électeurs.

Telle est sa rêverie devant le groupe des deux enfants qui dorment. Enfin il se détourne, regarde en face le marchand des quatre saisons ; il est charmé par l'expression loyale de ce visage de guerrier gaulois, aux yeux clairs, aux moustaches ardentes.

— Mon ami, dit M. Godefroy, vous venez de me rendre, vous et votre fils adoptif, un de ces services !... Bientôt, vous aurez la preuve que je ne suis pas un ingrat... Mais, dès aujourd'hui... Je vois bien que vous n'êtes pas à l'aise et je veux vous laisser un premier souvenir...

Mais de son unique main le manchot arrête le bras de M. Godefroy, qui plonge déjà sous le revers de la redingote, du côté des bank-notes.

— Non, monsieur, non ! N'importe qui aurait agi comme nous... Je n'accepterai rien, soit dit sans vous offenser... On ne roule pas sur l'or, c'est vrai, mais, excusez la fierté, on a été soldat, — j'ai ma médaille du Tonkin, là, dans le tiroir, — et on ne veut manger que le pain qu'on gagne.

— Soit, reprend le financier. Mais, voyons, un brave homme comme vous, un ancien militaire... Vous me paraissez capable de mieux faire que de pousser une charrette à bras... On s'occupera de vous, soyez tranquille.

Mais l'estropié se contente de répondre froidement, avec un sourire triste qui révèle bien des déceptions, tout un passé de découragement :

— Enfin, si monsieur veut bien songer à moi !...

Quelle surprise pour les loups-cerviers de la Bourse et les intrigants du Palais-Bourbon, s'ils pouvaient savoir ! Voilà que M. Godefroy est désolé, à présent, de la méfiance de ce pauvre diable. Attendez un peu ! Il saura bien lui apprendre à ne pas douter de sa reconnaissance. Il y a de bonnes places de surveillants et de garçons de caisse, au Comptoir. Qu'est-ce que vous direz, monsieur le sceptique, quand vous aurez un bel habit de drap gris-bleu, avec votre médaille du Tonkin à côté de la plaque d'argent? Et ce sera fait dès demain, n'ayez pas peur ! Et c'est vous qui serez bien attrapé, ah ! ah !...

— Et Zidore? s'écrie M. Godefroy avec plus de chaleur que s'il s'agissait de faire un bon coup sur les valeurs à turban. Vous permettrez bien que je m'occupe un peu de Zidore?...

— Ah ! pour ça, oui ! répond joyeusement Pierron. Souvent, quand je songe que le pauvre petit n'a que moi au monde, je me dis : « Quel dommage !... » Car il est plein de moyens... Les maîtres sont enchantés de lui, à l'école primaire.

Mais Pierron s'interrompt brusquement, et, dans son regard de franchise, M. Godefroy lit encore, et très clairement, cette arrière-pensée : « C'est trop beau, tout ça... Le bourgeois nous oubliera, une fois le dos tourné. »

— Maintenant, dit le manchot, je crois que nous n'avons plus qu'à transporter votre gamin dans la voiture ; car vous devez bien vous dire qu'il sera mieux chez vous qu'ici... Oh ! vous n'avez qu'à le prendre dans vos bras ; il ne se réveillera même pas... On dort si bien à cet âge-là...

dire que c'est de la blague, les enfants croient encore à la Noël... Alors, moi, en revenant de chez le commissaire, comme je ne savais pas, après tout, si votre gamin ne passerait pas la nuit dans ma turne, j'ai acheté ces bêtises-là... vous comprenez... pour que les gosses... à leur réveil...

Ah ! c'est à présent que les bras leur tomberaient, aux députés qui ont vu si

...CONTIENT UN PANTIN DE DEUX SOUS...

Seulement il faudrait d'abord lui remettre ses souliers.

Et, suivant le regard du marchand des quatre saisons. M. Godefroy aperçoit devant le foyer, où se meurt un petit feu de coke, deux paires de chaussures enfantines : les fines bottines de Raoul et les souliers à clous de Zidore ; et chacune des paires de chaussures contient un pantin de deux sous et un cornet de bonbons de chez l'épicier.

— Ne faites pas attention, monsieur, murmure alors Pierron d'une voix presque honteuse. C'est Zidore, avant de se jeter sur le lit, qui a mis là ses souliers et ceux de votre fils... A la laïque, on a beau leur

souvent M. Godefroy voter pour la libre pensée ; — au fond, il s'en moquait pas mal, mais la réélection ! — C'est à présent qu'ils jetteraient leur langue au chat, tous les messieurs durs et secs qui siégeaient avec M. Godefroy autour des tables vertes et qui l'admiraient comme un maître pour sa sécheresse et pour sa dureté. Est-ce que, par hasard, ce serait aujourd'hui la fin du monde?... M. Godefroy a les yeux pleins de larmes !

Tout à coup, il s'élance hors de la baraque, y rentre au bout d'une minute, les bras chargés du superbe cheval mécanique, de la grosse boîte de soldats de plomb, des autres jouets magnifiques achetés par lui dans l'après-midi et restés dans sa voiture ; et, devant Pierron stupéfait, il dépose son fardeau doré et verni auprès des petits souliers. Puis, saisissant la main du manchot dans les siennes, et d'une voix que l'émotion fait trembler :

— Mon ami, mon cher ami, dit-il au marchand des quatre saisons, voici les cadeaux que Noël apportait à mon petit Raoul. Je veux qu'il les trouve ici, en se réveillant, et qu'il les partage avec Zidore, qui sera désormais son camarade... Maintenant, vous me croyez, n'est-ce pas?... Je me charge de vous et du gamin... et je reste encore votre obligé ; car vous ne m'avez pas seulement aidé à retrouver mon fils perdu ; vous m'avez aussi rappelé qu'il y avait des pauvres gens, à moi, mauvais riche qui vivais sans y songer. Mais, je le jure par ces deux enfants endormis, je ne l'oublierai plus, désormais !

... Tel est le miracle, messieurs et mesdames, accompli le 24 décembre dernier, à Paris, en plein égoïsme moderne. Il est très vraisemblable, j'en conviens ; et, en dépit des anciens votes anticléricaux de M. Godefroy et de l'éducation purement laïque reçue par Zidore à l'école primaire, je suis bien forcé d'attribuer cet événement merveilleux à la grâce de l'Enfant divin, venu au monde, il y a près de dix-neuf cents ans, pour ordonner aux hommes de s'aimer les uns les autres.

PALOTTE

Au docteur Valéry Meunier.

Ce matin-là, — le 3 novembre, un ciel de Toussaint, très triste, couleur de papier à chandelles, — la jolie madame Cladat eut un réveil mélancolique et romanesque, et se sentit un « vague à l'âme » considérable.

Son mari — le chef de la maison Cladat, Mastock et Cie, plumes et fleurs, commission, exportation, — étant à la chasse, la jolie madame Cladat s'était couchée, la veille, de très bonne heure, et avait veillé fort tard, le coude dans l'oreiller, sur un roman à la mode. Le sujet en était palpitant. Il s'agissait de savoir si la femme du marquis de B., abandonnée par son premier amant, le baron de C., pouvait, sans manquer à la délicatesse, contracter une nouvelle liaison avec le vicomte de D.

C'est là, comme on sait, ce qu'on trouve dans la plupart des in-douze à couverture jaune qui brillent à la vitrine des libraires, étreints d'un anneau de papier blanc sur lequel on lit ces mots : « Vient de paraître ».

De l'honneur du marquis de B., l'auteur ne se préoccupait point, ce gentilhomme, dont le nom datait des croisades — naturellement, — étant une brute parfaite et n'ayant pas su « comprendre » sa femme. Il est vrai que le baron de C., l'amant n° 1, n'avait pas non plus « compris » la marquise, de sorte qu'à un certain point de vue elle était en droit d'accueillir les hommages du vicomte de D., qui prendrait le n° 2. Mais pouvait elle s'y décider, ayant une âme particulièrement distinguée et scrupuleuse, une âme pas du tout pareille aux autres âmes, puisque c'était une âme du Faubourg Saint-Germain, abonnée à l'Opéra et affligée de deux cent mille livres de rentes ?

Tromper son mari, c'est le pont-aux-ânes ; mais changer d'amant, voilà qui est grave et qui mérite d'inspirer trois cents pages à une plume de bonne compagnie. Et sur ce cas si intéressant de controverse amoureuse, l'auteur, qui savait son affaire, avait répandu à profusion les *si*, les *car* et les *mais*, multiplié les cas de conscience, et s'était livré à une consommation énorme de cheveux coupés en quatre. En définitive, la marquise couronnait la flamme du vicomte, mais après tant de lantiponnages et avec de si délicieuses nuances de sentiment, qu'il aurait fallu être un rustre et un malappris pour ne pas la considérer toujours comme une très honnête femme.

Le succès de ce roman avait été des plus vifs, — le trentième « mille » était en vente, — et l'auteur, en habile homme et battant son fer pendant qu'il était chaud, préparait en hâte un nouvel ouvrage, où cette fois une duchesse, après avoir infligé au duc son mari l'infortune de Mélénas et rendu tour à tour les plus heureux des mortels un comte n° 1 et un marquis n° 2, répondait, dans le dernier chapitre, à la passion d'un baron n° 3, sans cesser un instant pour cela — tant elle y mettait de grâce et de gentillesse — d'être digne jusqu'au bout du respect et de la sympathie des personnes sensibles.

La jolie madame Cladat, — vingt-cinq ans, pas d'enfants, mariée à un lourdaud de négociant, grand chasseur et grand politiqueur, — la jolie madame Cladat se repaissait ordinairement de ce genre de littérature. Aucune fiction n'avait chance de la charmer, si elle ne lui mettait pas sous les yeux, dans un décor élégant et dans un milieu aristocratique, la chute d'une femme titrée, un adultère à particule. N'étant pas du monde, quoique fort riche, elle lisait toutes ces impures et séduisantes histoires avec une sorte d'envie respectueuse.

C'est, du reste, en France, un goût général, et nous sommes de drôles de démocrates. Voyez nos romans à fort tirage, nos pièces de théâtre à grande sensation. On n'y trouve, neuf fois sur dix, que des aventures d'amour, assez malpropres, au bout du compte, malgré le badigeon sentimental, mais dans lesquelles s'agitent des gens de la « haute ». Nonobstant nos prétentions à l'égalité, il nous semble que le rang des personnages donne de la noblesse à leurs vices, et nous sommes encore pareils à nos pères, grands amateurs de tragédie, pour qui l'assassinat, l'inceste et les crimes les plus abominables revêtaient quelque dignité lorsqu'ils étaient commis par des princes et des rois.

Tout en s'énervant et en se montant la tête par des lectures capiteuses et par de malsaines rêveries, la jolie madame Cladat n'avait encore, en réalité, rien de grave à se reprocher. Elle était née dans une de ces vieilles familles de la bourgeoisie parisienne, où il y a de l'honneur et où les filles sont bien élevées. Or, fort heureusement, les bonnes habitudes contractées dès l'enfance ne se perdent pas si vite. Cependant la jeune femme, mariée à un pesant personnage beaucoup plus âgé qu'elle, s'ennuyait à périr ; et rien n'est plus dangereux pour la vertu.

Quand, à dîner, le sieur Cladat, qui n'invitait guère que des butors de son espèce, narrait ses glorieux carnages de lapins et de perdreaux, ou bien quand, d'après son journal, il préconisait l'expansion coloniale et réclamait de nouvelles rigueurs contre le clergé, madame Cladat — grave symptôme — cachait très souvent, derrière sa petite main, un bâillement presque douloureux. Elle avait même constaté que ses meilleurs jours étaient ceux où son mari s'absentait pour aller dans un village de Seine-et-Marne dont il était maire, afin d'y massacrer de paisibles rongeurs et d'inoffensives volailles, ou d'y taquiner le curé par quelque délibération vexatoire du conseil municipal. Ajoutons — phénomène infiniment plus inquiétant — que madame Cladat ne prenait plus aucun plaisir à courir les grands magasins de nouveautés.

Et disons-le tout de suite, mon Dieu ! elle avait un « flirt ». (Prononcez *fleurt* surtout, ou vous seriez du plus mauvais genre.)

Chez une de ses amies, — femme d'un coulissier, pleine de prétentions littéraires, tout à fait « dans le train » à ce point de vue et donnant de redoutables « thés de cinq heures », *où l'on disait des vers*, — madame Cladat avait rencontré le jeune poète symboliste et décadent Alfred O' Gaga. Blond et long, il se faisait passer pour Irlandais, — d'où son pseudonyme, — mais, en réalité, il s'appelait Isidore Lepifre, et son père, qui lui faisait une pension suffisante, était raffineur en Picardie. Proclamé grand homme dans un café et dans un journal de « jeunes », Isidore était considéré comme le dernier des derniers dans la brasserie et dans la revue rivales. Ses vers, d'après la formule nouvelle, avaient toujours treize ou quinze pieds, — jamais douze ! — et le poète, ainsi qu'il sied, piochait la magie noire et se piquait à la morphine. Joli garçon, malgré sa pâleur maladive, il hypnotisa la pauvre petite madame Cladat, qui, parce qu'elle avait épousé un « raseur », lisait des romans et ne faisait rien entre ses repas, se croyait la plus intéressante des femmes. Ils n'eurent d'abord que des conversations esthétiques. O'Gaga fit part à la jeune bourgeoise de la récente découverte d'art dont la poésie lui était redevable. Jaloux du fameux sonnet de Rimbaud sur la couleur des voyelles, il avait noté le parfum des consonnes. Avec condescendance, il daigna démontrer·à madame Cladat que la lettre H sentait la tubéreuse et que la lettre S fleurait l'héliotrope. La dame n'y comprit pas grand'chose, mais trouva que le poète avait de beaux yeux. Il s'en aperçut et lui dédia un court poème, où — de chic, et parce qu'elle avait les cheveux blonds et crêpelés — il la représenta sous les traits d'une Salomé tombant amoureuse, au dernier moment, de la tête coupée de saint Jean-Baptiste, et mettant un baiser sur le front livide de l'ex-mangeur de sauterelles, dont, à ce prix, O' Gaga, c'est-à-dire Isidore Lepifre, enviait le sort, bien entendu.

Ce madrigal — les vers étaient, cette fois, par une heureuse innovation, de dix-sept syllabes — fit de terribles ravages, non dans le cœur de madame Cladat, resté, au fond, un bon petit cœur tout simple, mais dans son imagination. Extrêmement flatté, le décadent entreprit alors, pour nous servir d'une vieille comparaison, le siège en règle de la dame. Il poussa rondement les travaux d'approche, creusa sans retard les parallèles, et l'assaut était imminent, ce matin même de novembre où madame Cladat se réveilla dans un état d'âme si perturbé.

La femme de chambre, avec le chocolat matinal, apporta une lettre et une dépêche.

La dépêche était du mari, et à peu près aussi laconique que le billet du roi dans *Ruy Blas* :

Madame, il fait grand vent et j'ai tué six loups.

M. Cladat, absent depuis trois jours déjà, remettait encore son retour au lendemain, ayant à exterminer un malheureux lièvre, — le dernier de Seine-et-Marne, probablement, — dont les longues oreilles avaient été signalées dans une pièce de betteraves, à douze kilomètres de la commune où le riche plumassier, à l'instar de Néron et de Dioclétien, persécutait le christianisme dans la personne du desservant de la paroisse.

Quant à la lettre, elle fit battre le cœur de madame Cladat, après un regard jeté sur l'enveloppe. Car cette lettre était d'Isidore, et ce n'était pas la première. Il y en avait tout un volume dans le bonheur-du-jour. Mais celle-ci avait un caractère décisif.

Abandonnant provisoirement le style symboliste, pour lequel on n'a pas encore fondé — et c'est un tort — une chaire au Collège de France ou à l'École des Hautes Études, O'Gaga rappelait à son amie qu'elle lui avait promis de le rejoindre, ce jour même, au musée du Louvre, devant un fragment de fresque de Giotto. Car le scélérat, pour achever de faire perdre la tête à la romanesque bourgeoise, l'ahurissait de théories artistiques et avait mis les Primitifs dans ses intérêts.

IL AVAIT NOTÉ LE PARFUM DES CONSONNES

Mais, malgré tout, madame Cladat n'était pas tout à fait folle. Il ne s'agissait pas seulement — elle le comprenait bien — d'entendre dire des niaiseries devant des bonshommes sur fond d'or, assez mal dessinés. Il s'agissait d'aller retrouver pour la première fois, à un rendez-vous, un jeune homme amoureux d'elle. Cela devenait sérieux, et dame ! elle hésitait, la bourgeoise !

C'était à deux heures seulement que — si elle le voulait bien — elle pourrait reconnaître de loin, dans la salle des Primitifs, la longue personne d'Isidore, en extase devant la fresque et changeant de pied de temps à autre pour se reposer. Certes elle n'était nullement décidée à cette démarche, et il y avait même, dans le fin fond de sa conscience, une répugnance qui protestait énergiquement. Que voulez-vous? Ce n'est pas impunément qu'on a vécu jusqu'au jour du mariage dans une famille de très honnêtes gens. Pourtant, à la question de sa camériste : « Quelle robe, madame? » madame Cladat répondit languissamment : « Le petit costume gris de fer, » ce qui était assez mauvais signe ; et, tandis qu'on la coiffait, elle se dit et se répéta tout bas que cette visite au musée n'était, après tout, qu'une action de curieuse, une imprudence, une légèreté tout au plus, que cela n'engageait à rien, que les marquises et les comtesses des romans à trois francs cinquante en avaient bien vu d'autres et qu'elle était très excusable de se donner cette distraction sans conséquence, au bout de sept mortelles années d'ennui.

— Madame est servie.

L'annonce du déjeuner trouve madame Cladat dans les mêmes dispositions. Elle entre, le front soucieux, dans la vaste salle à manger, où son œuf à la coque l'attend sur la table carrée, autour de laquelle M. Cladat et ses assommants camarades ont tant de fois raconté leurs coups doubles, fait l'éloge de leurs chiens d'arrêt et blâmé le gouvernement de sa mollesse devant l'attitude des congrégations.

Mais une voix timide et très douce se fait entendre, dans l'embrasure de la croisée.

— Bonjour, madame.

— Ah ! c'est vous, Pâlotte... Bonjour, Pâlotte.

C'est une humble fille, une lingère qui travaille en journée chez madame Cladat, une fois par semaine. Elle est bien nommée, la pauvre Pâlotte. Petite, maigrichonne, courbée sur son ouvrage. Comme elle tient peu de place dans cette grande pièce, auprès de la haute fenêtre ! Quel âge a-t-elle, Pâlotte? Oh ! pas jeune et déjà flétrie. Trente ans, c'est presque la vieillesse pour les filles du peuple. Pourtant le profil reste fin et pur ; la robe noire est tirée à quatre épingles. Et puis, la physionomie est si sage, si modeste ! Pâlotte en garde un air tout jeunet. Voilà deux ans qu'on l'a recommandée à madame Cladat comme une personne irréprochable, digne de tout intérêt. Mais la jolie dame, tout en l'employant, ne lui a peut-être pas adressé dix fois la parole. C'est par exception que Pâlotte est installée aujourd'hui dans la salle à manger. L'office donne sur la cour ; et par ce sombre ciel de novembre, on n'y verrait pas assez clair pour coudre.

Madame Cladat, troublée par la pensée du rendez-vous, est oppressée, n'a aucun appétit. A peine peut-elle boire une tasse de thé. Elle regarde le cartel appliqué sur la muraille. Une heure moins le quart. Déjà.

— Tant pis ! songe-t-elle. J'irai au Louvre... Ce n'est pas un crime... Mon mari me laisse souvent seule... (Notez que lorsqu'il est là, elle le trouve insupportable.) Cependant, ce jeune homme? Est-ce que je l'aime?... Ah ! je suis bien à plaindre !

Mais, au moment même où elle prononce — mentalement — ces mots : « bien à plaindre », son regard tombe sur Pâlotte absorbée dans son ouvrage, intimidée par la présence de la maîtresse de la maison, se faisant toute petite dans son coin. En dépit de beaucoup de vanités et de beaucoup de sottises, madame Cladat a encore le cœur à sa place, est accessible à la pitié ; et voilà que cette idée lui vient, à la jolie dame, qu'elle ne doit pas être bien heureuse non plus, la pauvre Pâlotte. Sans doute ses chagrins — si elle en a — sont du genre bas, de l'espèce vulgaire, et nullement comparables — cela va sans dire — à ceux des grandes dames analysés dans les romans mondains, qui passent, avec de si délicates souplesses d'âme, de l'amant nº 1 à l'amant nº 2, et dont l'exemple va peut-être décider madame Cladat à commettre quelque irréparable folie, par simple besoin d'imitation. Mais enfin Pâlotte est une femme, une femme qui semble avoir souffert ; et madame Cladat, qui, dans ces derniers temps, s'est considérablement attendrie sur elle-même, aimerait à s'attendrir un peu sur une autre, à recevoir une confidence, où elle trouverait un écho — et une excuse — de ce qui se passe dans son cœur.

— Quel âge avez-vous donc, Pâlotte ? demande-t-elle soudain à l'ouvrière.

— Mais... j'aurai trente ans au mois de mai prochain, répond celle-ci un peu surprise.

— Trente ans !... Je vous en donnais à peine vingt-deux ou vingt-trois... Vous êtes encore, — vous avez dû être jolie ?

— Oh ! non, madame... On a été jeune, voilà tout... Mais toujours pâle, toujours mauvaise mine... J'ai si peu de santé !

— Vraiment, ma pauvre Pâlotte ?

Et les deux femmes se mettent à bavarder, madame Cladat curieuse et bienveillante, Pâlotte confuse de tant d'intérêt. Allons, Pâlotte, confessez-vous ! Madame veut savoir pourquoi vous ne vous êtes pas mariée, si vous n'avez jamais eu un sentiment. Toutes les femmes, même les lingères à la journée, — trois francs par jour et nourries, — doivent avoir un roman dans leur vie. Madame désire connaître le vôtre ; elle y tient absolument. Du courage, petite Pâlotte. Contez votre histoire à madame, qui vous en prie avec une si gentille insistance.

— C'est — voyez-vous, madame, — qu'elle n'est pas gaie, mon histoire... Du plus loin que je me rappelle, j'entends maman — elle était coloriste en chambre — qui tousse, qui tousse, qui tousse, et je la vois qui s'assied, épuisée, dans l'unique fauteuil, et qui m'attire vers elle, et qui me regarde avec des yeux trop

COURBÉE SUR SON OUVRAGE

grands, et si tristes... Tout de suite après ma naissance, la phtisie s'était déclarée. Maman a traîné sept ans comme ça... Papa, lui, un bon ouvrier, — il était margeur, il travaillait chez ces messieurs Didot, — n'allait pas bien non plus. Il n'a survécu à maman que quelques mois. Il paraît qu'il avait gagné sa maladie en la soignant... Alors, on m'a mise chez les sœurs, qui ont été bien bonnes pour moi et m'ont appris mon métier. Mais, à l'orphelinat, j'étais souvent malade. Le docteur m'auscultait, faisait la grimace et ordonnait toujours l'huile de foie de morue... C'est dans ce temps-là qu'on m'a appelée Pâlotte... Et je me suis dit, dès que j'ai eu un peu de réflexion, que j'avais sûrement la maladie de mes parents et que je ne vivrais sans doute pas vieille... Ah! sans regrets, allez !... J'étais si seule au monde... Pourtant, six mois après que j'étais entrée chez madame Hamel, la grande lingère de la rue Royale, j'ai retrouvé un parent, un neveu de mon père, qui venait de finir son temps dans l'armée. Victor était un bon sujet, gagnait bien sa vie comme ébéniste, me trouvait à son goût, et il me proposa de nous marier... Oh ! il me plaisait bien... Mais, quoi? me voyez-vous, faible et malade comme je suis, lui donnant sans cesse du chagrin à cause de ma santé, lui communiquant mon mal peut-être, ayant des enfants qui, comme moi, seraient des orphelins?... Il a eu beau me supplier, je lui ai toujours répondu : « Non, Victor, ce ne serait pas raisonnable... » Alors, par dépit peut-être, il s'est adressé à Rosalie, une camarade qui m'accompagnait par convenance, quand Victor venait m'attendre à la porte du magasin ; et, à la peine que j'ai eue de voir ça, j'ai bien compris que j'aimais Victor plus que je ne le croyais... Tout de même, j'ai été courageuse. Je me suis dit : « C'est mieux ainsi », et c'est un peu moi qui les ai mariés... Ah ! que j'ai eu tort ! Rosalie était une mauvaise femme, coquette, gourmande, dépensière. Au bout de quatre ans, elle a laissé là le pauvre Victor avec deux petits garçons... Ce fut terrible !

D'abord, le malheureux s'était mis à boire ; mais je lui ai fait honte, et il a fini par se résigner. Alors je suis venue loger

AU LOUVRE DEPUIS

VINGT-CINQ MINUTES

dans la même maison que lui, et je l'aide à élever les petits. Ils ont maintenant neuf et dix ans, et tout ce que je demande, c'est de ne m'en aller que lorsqu'ils seront en apprentissage... Vous voyez, madame, j'avais raison de dire que mon histoire n'était pas gaie... Cependant, il ne faut jamais se plaindre... J'ai l'amitié de ce pauvre homme, qui me respecte comme une Sainte Vierge ; les enfants sont superbes, — ils ne ressemblent pas du tout à leur mère, — et si vous les voyiez se jeter au cou de « tante Pâlotte », dès qu'ils m'aperçoivent !... Tout va bien pour le moment. J'ai plus d'ouvrage que je ne peux en faire, et j'ai passé l'hiver dernier sans bronchite... Et quand je vois tant de pauvres gens autour de moi... Non ! en vérité, non ! je n'ai pas le droit de dire que je suis malheureuse.

Pas malheureuse ! pas malheureuse !... Avez-vous bien entendu, avez-vous bien compris, ma jolie dame ? Pâlotte n'est pas malheureuse ! Et toute sa vie n'a été qu'abnégation, devoir, travail, maladie, souffrance, dévouement. Si Pâlotte n'est pas à plaindre, qui donc alors sont les infortunées ? Sont-ce les belles dames des romans du jour, au cœur emberlificoté, qui ont de si gracieuses détresses et de si suaves désespoirs avant de passer du n° 1 au n° 2 ? Est-ce vous-même, petite bourgeoise ennuyée, qui, sans autre excuse que d'être mariée à un vieil imbécile, vous montez l'imagination pour un jeune sot ?

Madame Cladat s'est-elle posé cette question ? En tout cas, quand Pâlotte a fini de conter sa simple histoire, la jolie dame, qui s'est approchée de l'ouvrière, la regarde avec des yeux émus, l'interroge d'une voix pleine de bonté.

— Je veux faire quelque chose pour vos enfants d'adoption... Nous irons, dès aujourd'hui, les prendre au sortir de l'école, n'est-ce-pas, Pâlotte ?... Et nous les mènerons chez le pâtissier.

Mais regardez donc la pendule ! Deux heures et demie, tout à l'heure ; et, là-bas, au Louvre, depuis vingt-cinq bonnes minutes, le décadent se fatigue à changer de pied, devant son Primitif, et consulte à chaque instant sa montre avec impatience. Rentrez chez vous, jeune Isidore. Sans le faire exprès, la pauvre Pâlotte vient d'évoquer devant madame Cladat, de lui mettre sous les yeux un peu de malheur pour de bon, un peu de vraie misère ; et rien n'est meilleur pour chasser les mauvaises pensées, les rêves à la Bovary.

Il faut pourtant convenir que le sieur Cladat l'a échappé belle, en ce jour mémorable où il a fait mordre la poussière au dernier lièvre de Seine-et-Marne. Mais enfin, son honneur est sauf... pour cette fois-ci.

LE PARDON

CONTE DE NOËL

A Alphonse Daudet.

Dans la maison, — une grande ruche d'ouvriers de la rue Delambre, où Tony Robec occupait une chambre depuis deux trimestres, — tout le monde le croyait veuf. Et pas depuis longtemps, puisque son petit garçon, avec lequel il vivait seul, — ce petit garçon toujours si bien tenu, comme par les soins d'une maman, — était âgé de six ans à peine. Pourtant le père ni le fils n'avaient de crêpe à la casquette ou sur la manche.

Tous les jours, de grand matin, Tony Robec, qui travaillait, comme ouvrier compositeur, dans une imprimerie du quartier Latin, partait avec son petit Adrien encore tout ensommeillé sur son épaule et l'allait déposer dans une école du voisinage. Il venait l'y reprendre, après la journée faite, entrait, en tenant son petit homme par la main, chez le boucher et chez la fruitière, rapportait dans le panier de l'enfant, ainsi que l'eût fait une ménagère, ce qu'il fallait pour le dîner, et s'enfermait jusqu'au lendemain.

Les commères au cœur compatissant plaignaient ce pauvre père, — quarante ans tout au plus, encore bel homme, l'air si triste avec son teint pâle, sa barbe noire striée d'argent et ses yeux dorés de lion au repos, — et elles disaient derrière lui :

— Cet homme-là devrait se remarier... Un bon sujet, jamais en ribote... Bien sûr, il trouverait aisément une brave fille qui prendrait soin de lui et de son gosse... Avez-vous remarqué comme son petit est soigné ?... Ni trou ni tache... Un homme d'ordre, ça se voit tout de suite. Et il paraît qu'il gagne ses dix francs par jour.

On aurait voulu faire sa connaissance. Ordinairement, ce n'est pas difficile de se lier entre voisins, dans les maisons populaires, où l'on vit la porte ouverte. Mais Tony avait un air réservé, une façon polie de saluer le monde dans l'escalier, qui intimidaient.

Chaque dimanche, le père et le fils, propres comme des sous neufs, partaient en promenade. On les avait rencontrés dans les musées, au Jardin des Plantes. On les avait vus aussi, avant l'heure du dîner, dans un petit café du quartier, où Tony se permettait sa seule débauche de la semaine et buvait une absinthe, longuement, à petits coups, tandis qu'Adrien, assis à côté de lui sur la banquette de cuir, regardait les journaux à images.

— Non, mesdames, disait aux voisines la concierge, qui était sentimentale, ce veuf-là ne se remariera pas. L'autre dimanche, nous nous sommes croisés dans une allée du cimetière Montparnasse... C'est sans doute là que sa femme est enterrée... Il faisait peine à voir, avec son orphelin à côté de lui... Il a dû adorer sa défunte... C'est rare, mais il y en a des comme ça... Un inconsolable !...

Hélas ! oui. Tony Robec avait tendrement aimé sa femme et ne se consolait pas de l'avoir perdue. Seulement, il n'était pas veuf.

Oh ! bien simple et pas heureuse, sa vie !

Ouvrier consciencieux, mais médiocrement doué pour le métier, il n'était parvenu qu'assez tard à bien « lever la lettre », à gagner passablement son pain, et, pour cette raison, il n'avait songé à se marier qu'après avoir passé la trentaine. Il lui aurait fallu une fille raisonnable, ayant connu, comme lui, pas mal de misère. Mais l'amour s'occupe bien des convenances ! Tony perdit la tête devant la jolie frimousse d'une fleuriste de dix-neuf ans, sage encore sans doute, mais si frivole, ne songeant qu'à la toilette et sachant d'ailleurs s'habiller avec quatre chiffons comme une petite princesse. Il avait quelques économies, de quoi se mettre en ménage gentiment, avec une armoire à glace, — quatre-vingts francs, au faubourg Saint-Antoine, — où sa femme pourrait se mirer des pieds à la tête. Il épousa sa Clémentine, et, dans les premiers temps, ce fut délicieux. Comme on s'aimait ! On avait deux chambres, au cinquième, boulevard de Port-Royal, avec un bout de balcon et la vue de tout Paris. Tous les soirs, en sortant de son imprimerie, située sur la rive gauche, Tony Robec, son paletot cachant sa veste d'ouvrier, ayant l'air d'un demi-monsieur, allait attendre, au coin du pont des Saints-Pères, sa petite femme, qui revenait de la rue Saint-Honoré, où était son atelier. Bras dessus bras dessous, serrés l'un contre l'autre, on rentrait bien vite au logis lointain, pour y faire gaiement la popote du soir. Mais les dimanches, surtout, étaient exquis. Tant pis ! on se trouvait trop bien chez soi, on ne sortait pas. Oh ! les bons déjeuners d'été, avec la fenêtre ouverte sur la grande ville et le plein ciel ! Pendant qu'il sirotait son café et fumait sa cigarette, Clémentine allait arroser les caisses de fleurs sur le balcon. Non, elle était trop mignonne ! il se levait, la surprenait d'un baiser dans le cou. « Finis donc... que tu es bête ! » Mais voilà tout de suite un enfant, leur petit Félix, qu'on allait voir chez sa nourrice, à Margency, tous les quinze jours. Mort de convulsions, au bout d'un an. Ils étaient bientôt consolés par la naissance d'Adrien, que la mère voulait nourrir. Elle quittait l'atelier, prenait de l'ouvrage chez elle, gagnait moitié moins, faisait quand même un peu de toilette, jouait à la dame, au Luxembourg, en poussant devant elle son bébé dans une petite voiture d'osier. Et Tony avait beau bûcher comme quatre, travailler dans un journal de nuit, le ménage était gêné, s'endettait. Puis l'enfant, sevré, grandissant, allait à l'asile, et la mère, souvent inoccupée, toujours coquette, s'ennuyait à la maison, prenait l'habitude des dangereuses flâneries. Voyez-vous d'ici ce pauvre homme, vieilli avant l'âge, épuisé de soucis et de besogne, et cette folle tête de vingt-trois ans, jolie comme un Greuze?... Un soir, rentrant avec son gamin qu'il avait pris à l'asile en passant, Tony Robec trouva sur la cheminée une lettre d'où tomba, quand il ouvrit l'enveloppe, l'anneau de mariage de Clémentine. Dans cette lettre, la méchante enfant leur disait adieu, à lui et à son fils, en leur demandant pardon.

O romantiques bourgeois du jury, qui acquittez toujours, sous prétexte de crime passionnel, les maris outragés qui voient rouge et qui tuent la femme et l'amant, vous allez trouver le pauvre Tony bien ridicule, et même un peu vil. Mais il eut plus de douleur que de colère. Il pleura beaucoup, et, quand son Adrien lui disait : « Où est maman ? Reviendra-t-elle bientôt, maman ? » il embrassait passionnément le petit et lui répondait : « Je ne sais pas. »

Clémentine s'était enfuie dans les premiers jours de mai. — Oh ! comme l'odeur des lilas est parfois perverse ! — Tony, au terme de juillet, vendit presque tout son mobilier pour acquitter ses dettes et vint habiter rue Delambre, voulant se dépayser. C'était là qu'il vivait si discrètement, si dignement, avec son petit garçon, et qu'on le prenait pour un veuf.

Vers la fin de septembre, l'ouvrier reçut une lettre de sa femme, quatre pages incohérentes et désespérées, où l'encre était délayée par les larmes. Son amant, un étudiant en médecine, était parti, depuis cinq semaines, en vacances, dans sa famille, tout là-bas, dans le Midi, et il n'écrivait plus, ne donnait plus signe de vie. Elle était abandonnée, trahie à son tour, la trahisseuse ! et elle se repentait, implorait, criait grâce. Cela fit bien mal au pauvre Tony. Mais rassurez-vous, jurés féroces qui tous avez l'âme du More de Venise, et, s'il vous plaît, rendez un

instant votre estime au pauvre homme, Il fut fier et ne répondit rien à l'épouse coupable.

Il n'eut plus aucune nouvelle de Clémentine jusqu'à la veille de Noël.

CLÉMENTINE ALLAIT ARROSER SES FLEURS

Or, ce jour-là, depuis plusieurs années, il avait la touchante habitude d'aller, avec sa femme, porter un modeste bouquet — quelques violettes gelées avec une rose frileuse au milieu — sur la tombe de leur petit Félix, de leur premier-né, mort en nourrice, qu'ils avaient voulu avoir près d'eux, à Montparnasse, dans une concession de cinq ans déjà renouvelée.

Pour la première fois, Tony Robec dut

AGENOUILLÉE PRÈS D'UN GROUPE DE CYPRÈS

accomplir ce pèlerinage, seul avec son petit Adrien, et, tout en franchissant la porte du cimetière, sous un funèbre ciel d'hiver, — méprisez de nouveau ce cœur sans courage, terribles Othellos du jury ! — il souffrait plus que jamais du souvenir de l'absente, de la fugitive.

— Où est-elle, à présent songeait-il ! Qu'est-elle devenue?

Mais, en arrivant devant la tombe de Félix, qu'il eut quelque peine à retrouver, il s'arrêta, tout surpris.

Il y avait, sur la pierre, trois ou quatre jouets comme on en donne aux plus pauvres enfants, — une trompette, un polichinelle, un caniche sur un soufflet, — qu'on venait de déposer là, car ils étaient tout neufs, avaient été achetés, évidemment le jour même, à la boutique à treize.

— Ah ! des joujoux ! s'écria joyeusement Adrien devant l'humble trouvaille.

Mais le père, ayant aperçu un bout de papier épinglé sur les jouets, se pencha, le prit et lut ces mots dont il reconnaissait bien l'écriture : « Pour Adrien, de la part de son frère Félix, qui est maintenant avec le petit Noël. »

Tout à coup, il sentit son fils se serrer contre lui, il l'entendit murmurer d'une voix effrayée : « Maman ! » et, à quelques pas de là, agenouillée près d'un groupe de cyprès, il vit une femme vêtue d'une robe et d'un châle de pauvresse, oh ! si pâle ! les yeux si meurtris ! qui tendait vers lui des mains jointes et suppliantes.

Entre nous, messieurs les jurés sanguinaires, je ne crois pas que Tony Robec ait alors pensé à Celui qui naquit en ce jour de Noël et qui enseigna, par la parole et par l'exemple, le pardon des injures. L'ouvrier n'avait point de religion. Mais son cœur de plébéien ignorait l'amour-propre et la rancune. Après un tressaillement, causé moins par le courroux de l'ancien outrage que par la pitié de voir dans un état si misérable la femme qu'il avait tant aimée, il poussa doucement vers elle son petit garçon.

— Adrien, dit-il, va donc embrasser ta mère.

Elle saisit son enfant dans une étreinte éperdue, lui mit dix baisers dans les cheveux avec un râle de bonheur, puis, se relevant et tournant vers son mari un regard qui mendiait :

— Que vous êtes bon ! murmura-t-elle.

PRIT UNE MÉCHANTE BOITE

Mais il était déjà près d'elle et lui répondait, la bouche aride, presque durement :

— Ne parle pas... et donne-moi le bras.

Il n'y a pas loin du cimetière à la rue Delambre. Ils firent le trajet à grands pas. Tony sentait le bras de Clémentine trembler sur le sien. L'enfant marchait auprès d'eux, l'esprit ailleurs déjà, admirant les joujoux.

La concierge de la maison où habitait

Tony se tenait sur le seuil de la porte :

— Madame, lui dit-il, voici ma femme, qui était depuis six mois en province, auprès de sa mère malade, et qui revient habiter avec moi.

Et, en montant l'escalier, il dut soutenir, porter presque, la malheureuse qui éclatait en sanglots et défaillait d'émotion et de joie.

Arrivé dans sa pauvre chambre, Tony fit asseoir sa femme sur l'unique fauteuil, lui jeta de nouveau son fils dans les bras ; puis il ouvrit un tiroir de la commode, y prit une méchante boîte de carton, en tira l'alliance de Clémentine, la lui remit au doigt ; et seulement alors, sans un mot de reproche, sans une parole amère sur le passé, silencieusement, gravement, avec la large générosité des cœurs simples, il la baisa sur le front pour qu'elle fût bien sûre qu'il lui pardonnait.

LA MAISON ABANDONNÉE

A Paul Bourget.

Il y a une quinzaine d'années, je passais presque tous les jours, et plutôt deux fois qu'une, dans une petite rue située à l'extrême limite du faubourg Saint-Germain et aboutissant à l'un des magnifiques boulevards qui rayonnent autour des Invalid s. C'est une des très rares voies parisiennes où il n'y ait pas une seule boutique, et je n'en connais pas de plus tranquille. Plusieurs jardins, dont les murs longs et bas sont dépassés par des branches, répandent dans la rue déserte, en mai, la suave odeur des lilas, en juin, le capiteux parfum des sureaux et des acacias. Quand une porte cochère s'ouvre pour livrer passage à un coupé ou à un landau, le promeneur — qui tout à l'heure entendait un écho répéter le bruit de ses pas sur le trottoir — n'aperçoit qu'une allée sablée et bordée de charmilles, qui tourne brusquement et s'en va vers la maison cachée parmi les verdures. Pas de coin plus solitaire, plus aristocratique.

A l'époque dont je parle, une seule habitation, dans cette paisible rue, se laissait un peu entrevoir à travers les ferronneries d'une grille rococo, dans le style des fameux chefs-d'œuvre forgés qui décorent la place Stanislas, à Nancy, mais sans dorures et de dimensions beaucoup moindres. Jamais je ne passais là sans m'arrêter un instant pour admirer, au delà d'une fraîche pelouse, qu'ombrageait un beau tilleul argenté, l'élégante façade d'un pavillon Louis XVI, composé d'un seul rez-de-chaussée, de proportions exquises, avec son gracieux perron à double escalier, ses hautes fenêtres à petits carreaux et son toit d'ardoise au-dessus duquel les cimes de quelques grands arbres laissaient deviner un bout de parc. Ce logis avait dû, jadis, cacher les secrets plaisirs d'un traitant ou d'un grand seigneur. C'était, probablement, une ancienne petite-maison, une « folie », comme on disait au temps de la poudre et des mouches, et devant sa grille aux volutes contournées avait dû

UN VIEUX SERVITEUR

s'arrêter, nuitamment, plus d'un carrosse plein de filles d'opéra. Car le quartier ne s'est construit que sous la Restauration, et, au dernier siècle, le joli pavillon devait être presque perdu dans la campagne. De là, sans doute, l'air mystérieux qu'il conservait encore. Ni communs, ni loge de portier. Rien que ce nid dans le feuillage.

On ne pouvait y jeter un regard, dans ce nid, sans songer aussitôt : « Comme on serait bien ici, *solus cum sola*, avec un grand amour ! Quelle délicieuse cachette pour deux amants qui pourraient y enfouir leurs trésors de tendresse et de volupté ! » J'étais jeune alors, et, à l'heure où les rayons du soleil tombant, filtrés par les branches du grand tilleul, mettaient un reflet d'incendie aux vitres de la charmante maison, et allumaient, dans les massifs de la pelouse, les taches de cinabre des géraniums, bien souvent je m'étais abandonné à la décevante rêverie, qui fait croire à l'homme, presque toujours malheureux, que là où il n'est pas le bonheur habite.

Car le pavillon était habité. Le jardin, orné de fleurs et entretenu avec le soin le plus coquet, en donnait une preuve. Les cheminées, en hiver, répandaient leur fumée sur le ciel gris, et, le soir, de sourdes lueurs de lampe se devinaient derrière les épais rideaux des fenêtres toujours fermées. Plusieurs fois j'avais vu entrer ou sortir, par la petite porte de la grille, un vieux serviteur en livrée sombre, de mine circonspecte et même soupçonneuse. Évidemment, je n'aurais rien gagné à l'interroger. D'ailleurs, de quel droit me serais-je permis de troubler par une vaine curiosité l'hôte ou les hôtes inconnus de la maison close? Je respectai donc leur secret ; et l'énigmatique demeure n'en exerça sur moi que davantage son attrait singulier.

Une nuit de juillet, une nuit étouffante, au ciel noir et pesant, je rentrais chez moi, vers onze heures ; et, comme j'en avais pris machinalement l'habitude, je me détournai de mon chemin pour passer devant le mystérieux pavillon. La petite rue, où trois becs de gaz seulement, très espacés l'un de l'autre, flambaient dans l'air surchauffé, était absolument déserte. Aux arbres des jardins, pas une feuille ne bougeait. Ce soir-là, la nature se taisait, toute au calme accablant qui précède les orages.

J'arrivais devant le pavillon, quand quelques accords de piano, qui venaient de là certainement, résonnèrent dans l'air immobile. Je remarquai alors avec surprise que, par extraordinaire et sans doute à cause de l'excessive chaleur, deux des fenêtres étaient un peu entr'ouvertes, sans qu'on pût cependant rien distinguer à l'intérieur de l'appartement ; et, soudain, une voix de femme, une voix de soprano, éclata, merveilleuse de douceur et d'étendue, au milieu du silence nocturne. Elle chanta une mélodie très courte, d'un rythme bizarre et de la plus émouvante mélancolie, où je devinai d'instinct teuse se fut tue j'avais encore, toute vibrante en moi, la dernière note de la mélodie, si aiguë, si pénétrante, si douloureuse, et pareille à un long cri de souffrance.

Je serais resté là, dans l'espoir d'entendre encore la voix délicieuse. Mais, tout à coup, un vent de tempête secoua

ME TROUVANT AU CASINO DE DIEPPE

un air populaire, une de ces fleurs de musique sauvage qu'on ne cueille jamais dans les jardins ratissés par les maëstri professionnels. Oui, c'était, à coup sûr, une mélodie populaire. Mais de quel pays? Je ne pus reconnaître en quelle langue étaient les paroles. Cependant je sentais là l'inspiration plaintive, le triste génie du Nord. L'air était poignant, la voix sublime. Cela dura deux minutes à peine, mais je n'ai jamais éprouvé, dans toute ma vie, une sensation musicale aussi profonde, et longtemps après que la chanteuse brutalement les feuillages, et une large goutte de pluie s'écrasa sur ma main nue. Bien que je demeurasse non loin de là et malgré ma hâte, je n'évitai qu'à demi l'orage.

Quelques jours après, me trouvant au Casino de Dieppe avec quelques aimables compagnons, et prenant part à une discussion assez animée à propos de musique, j'exaltai les mélodies populaires, naturellement jaillies d'un sentiment naïf, et, à l'appui de mon dire, je contai mon aventure.

— Vous souvenez-vous de cet air? me demanda le prince K..., un jeune Russe avec qui je m'étais déjà lié de sympathie.

— Je ne l'oublierai jamais, répondis-je avec feu.

Et je le chantonnai tant bien que mal.

— Eh bien, reprit le jeune prince, vous pouvez vous vanter, en effet, mon cher monsieur, d'avoir été gratifié d'un plaisir très rare. Cette mélodie est une chanson des matelots de Drontheim, très répandue en Norvège, et l'admirable voix qui vous l'a fait connaître est celle de la Stolberg, de qui nous étions tous fous, il y a deux ans, quand elle a débuté à Pétersbourg, de la Stolberg qui avait le contre-*fa* de sa compatriote Nilsson, et qui serait devenue une des grandes cantatrices du siècle, si elle n'avait été brusquement ravie à l'art, au théâtre, aux succès de toute sorte, par son amour pour le comte Basile Lobanof, alors mon camarade dans la garde, où nous étions l'un et l'autre cornettes de cavalerie... Oui, depuis deux ans nous étions sans nouvelles de Basile. Il avait donné sa démission, quitté la Russie sans dire adieu à personne ; et l'on savait seulement, d'une manière vague, qu'il se cachait à Paris avec son amie. Mais on ignorait jusqu'au lieu de sa retraite, que vous venez par hasard de nous révéler.

— Ainsi, dis-je, cette artiste si admirablement douée a renoncé à tout pour une amourette?

— Dites pour une passion ! se récria le prince. Quoique très jeune encore, la Stolberg avait déjà un passé de galanterie assez accidenté quand elle rencontra Lobanof. J'étais là, dans les coulisses, le soir où Basile, qui, je dois le dire, est beau comme un jeune dieu, lui fut présenté, et je vois encore la diva pâlir d'émotion sous le blanc gras et le rouge végétal... Oh ! ce fut foudroyant, et je crois bien qu'elle enleva notre camarade le soir même, pêle-mêle avec les bouquets triomphaux du cinquième acte. Mais, tout de suite, il devint jaloux comme un musulman... Oui, jaloux du public, quand elle chantait... Il était toujours là, au premier rang de l'orchestre, et, à chaque salve de bravos il se retournait brusquement et promenait sur la salle un sombre regard, où éclatait le désir de gifler tous les abonnés... Il avait bien tort, du reste. Même quand le Czar était dans sa loge, la Stolberg n'avait d'yeux que pour Basile, ne chantait que pour Basile... Ce qu'il a dû faire de scènes à la pauvre fille pour la décider à quitter le théâtre !... Elle a cédé au bout de trois mois, à l'expiration de son engagement... Et, depuis lors, ils se cachent à Paris, dans l'asile que vous avez découvert. Ils doivent s'y tuer d'amour. Mais je parierais volontiers un panier de vin de Champagne que ce sera Basile qui survivra. Il est râblé comme l'Hercule Farnèse, et la pauvre Stolberg, dit-on, est poitrinaire. On prétend même que c'est la phtisie qui donne à sa voix cette puissance extraordinaire et ce charme étrangement douloureux. Son contre-*fa* serait une maladie, comme la perle... C'est égal, si folle qu'elle soit de son Lobanof, la pauvre fille doit périr d'ennui dans la cage où il la tient enfermée... Et puis, elle doit aussi souffrir de chanter si rarement, puisque, vous qui passez si souvent devant leur maison, vous ne l'avez entendue qu'une fois, par cette nuit d'orage... Allez ! cela finira mal.

La conversation tourna sur un autre sujet, et le lendemain je quittai Dieppe pour aller chez des amis, en Basse-Normandie. J'étais là depuis une dizaine de jours quand je lus, par hasard, dans un « courrier des théâtres », les lignes suivantes :

« On nous annonce une triste nouvelle. Mademoiselle Ida Stolberg, la cantatrice suédoise, qui brilla d'un si vif et si rapide éclat sur les scènes d'Allemagne et de Russie, et qui avait, en plein succès, renoncé à la carrière lyrique, il y a environ deux ans, vient de mourir à Paris, d'une phtisie pulmonaire. »

Je n'avais jamais vu la Stolberg. Une fois seulement j'avais entendu sa voix incomparable. Pourtant la lecture de cette phrase banale, qui m'annonçait que la lugubre prophétie du prince K... s'était

IL ÉTAIT TOUJOURS AU PREMIER RANG

accomplie, me navra le cœur. Je le connaissais à présent tout entier, le mystère de la maison close. C'était là que la pauvre femme avait langui et s'était éteinte, dévorée d'amour sans doute, mais étouffée aussi peut-être par la captivité à laquelle l'avait condamnée la jalousie de son amant, par le regret des triomphes d'autrefois et de l'art abandonné. La destinée et la fin de la Stolberg me semblaient si mélancoliques que je prenais en haine l'homme à qui elle avait tout sacrifié, jusqu'à sa vie. Il m'apparaissait comme un bellâtre, un égoïste, une brute. J'étais certain qu'il se consolerait de la perte de sa maîtresse, qu'il oublierait vite la pauvre morte, et qu'indigne de l'amour qu'il avait inspiré, il devait être incapable aussi d'une belle douleur et d'un fidèle souvenir.

A mon retour à Paris, une des premières personnes de connaissance que je rencontrai sur le boulevard fut le jeune prince K... Je lui dis combien j'avais été ému par la mort de la chanteuse, et je ne pus m'empêcher de lui avouer l'antipathie instinctive que je ressentais pour ce Lobanof.

— Voilà bien les gens d'imagination ! s'écria le prince. Vous avez été charmé pendant un instant par la voix de cette femme, et voilà que vous éprouvez pour elle un amour posthume, et une jalousie rétrospective contre mon malheureux ami. Je veux bien convenir que, comme vous, j'ai longtemps tenu Basile pour un homme plus sensuel que sensible, plus passionné que tendre. Mais je l'ai vu depuis la mort de la pauvre Stolberg, et il est en proie, je vous assure, au désespoir le plus affreux et le plus sincère. Quand je lui ai apporté ma sympathie, il s'est jeté dans mes bras et m'a répété, en sanglotant sur mon épaule, qu'il ne pouvait plus vivre. Et ce n'était pas de la frime, car il vient de partir pour le Sénégal afin de se joindre à ce groupe d'explorateurs qui vont encore s'engloutir, probablement pour toujours, dans cette effroyable Afrique. Voilà qui n'est pas vulgaire, avouez-le. En suivant la mission Jakson, Basile ne fera certainement pas d'infidélité à la mémoire de la

Stolberg, car on ne rencontre là-bas que d'horribles singesses ; et il est à craindre qu'une fièvre ou qu'une dysenterie, sinon le coup de fusil d'un Pahouin, ne débarrasse à la fois le pauvre garçon de son chagrin et de l'existence... Rengaînez donc, je vous prie, vos jugements téméraires et prématurés sur son compte... Du reste, il a eu, avant son départ, une idée qui, certainement, vous semblera touchante. Ce pavillon, où il a été si heureux et si malheureux, lui appartient. Eh bien ! le voilà fermé pour toujours. Basile veut que, lui vivant, personne ne pénètre plus dans ce sanctuaire d'amour et de deuil. Vous qui passez souvent par là, vous verrez la maison tomber en ruines, et, le jour où l'on y mettra l'écriteau, vous pourrez dire : Basile Lobanof est mort !

Je quittai le prince en me reprochant mon mauvais sentiment, et le lendemain j'allai voir la maison déserte. Les volets en étaient clos ; les feuilles mortes du grand tilleul à demi dépouillé — c'était au début de l'automne — jonchaient le gazon de la pelouse ; des touffes de mauvaises herbes avaient poussé dans le sable fin des allées. Déjà l'abandon commençait son œuvre de destruction.

Il se passa des mois, une année entière, puis une autre ; et les journaux, de temps en temps, exprimèrent de graves inquiétudes sur le sort de Jakson et de ses compagnons, dont on était sans nouvelles. Vous savez que, encore aujourd'hui, on ignore ce que sont devenus, c'est-à-dire où et comment ont péri les hardis explorateurs. Habitant toujours le même quartier et passant chaque jour devant le pavillon abandonné, je le vis se dégrader peu à peu. Les pluies de deux hivers ayant fouetté sans relâche les plâtres de la façade, elle se couvrit d'une sorte de lèpre. Puis quelques ardoises arrachées par un coup de tempête, ou peut-être une gouttière trouée, causèrent un dommage plus essentiel. L'humidité attaqua le gros œuvre ; des lézardes zébrèrent la muraille, un balcon se descella, le toit fléchit. La physionomie de la pauvre maison devenait lamentable. Quant au jardin, il était bien vite retourné à l'état sauvage. Plus de fleurs cultivées. Les rosiers, n'étant plus taillés, n'avaient que branches et feuilles ; les géraniums étaient morts ; le gazon, depuis longtemps disparu sous la folle avoine et les hautes tiges des graminées, s'était transformé en un triste coin de prairie à l'ombre, dédaigné des papillons, où ne poussaient guère que des chardons et de pâles pavots. C'était sinistre !

Des années s'écoulèrent encore. Il était maintenant impossible d'espérer le retour de la mission Jakson. Evidemment, tous ces intrépides pionniers avaient succombé de soif et de faim dans quelque horrible désert ou avaient été massacrés par les sauvages ; et le comte Basile Lobanof était mort avec eux, fidèle à la Stolberg. La maison délaissée tombait absolument en ruines. Le grand tilleul qui était proche de l'habitation et dont l'émondeur ne gouvernait plus les frondaisons, avait poussé contre une fenêtre une de ses maîtresses branches. Pourri d'humidité, le volet avait fini par tomber, et l'arbre envahisseur pénétrait maintenant à l'intérieur du logis éventré. Ce devait être, là dedans, une champignonnière, et peut-être y avait-il déjà des herbes sur le parquet du salon.

Et, chaque fois que je passais devant la vieille bâtisse, arrivée au dernier degré de la décadence, je songeais, m'abandonnant à une rêverie romanesque :

— Il vaut mieux qu'il en soit ainsi. Si l'on avait été certain de la mort du comte, la famille, les héritiers, sans doute forcés aujourd'hui d'attendre le terme de quelque prescription, seraient intervenus sans retard. Ils auraient brutalement violé, en ouvrant cette demeure et en y laissant entrer le plein jour, tant de souvenirs de douleur et de volupté. Basile Lobanof a bien fait de disparaître, et la nature est bonne qui détruit et ensevelit lentement cet ancien nid d'amour, pour en empêcher la profanation.

L'autre jour, j'avais encore revu la ruine, — des branches sortent maintenant du toit effondré et il doit pousser de petits

tilleuls dans les chambres, — quand je rencontrai le prince K... qui n'était pas revenu en France depuis douze ans. Nous nous promenâmes en causant, et je lui parlai tout de suite de la maison abandonnée, de sa lente destruction, et des pensées qu'elle me suggérait.

Le prince partit d'un bruyant éclat de rire.

— Décidément, mon cher, me dit-il, vous ne serez jamais qu'un poète... Basile est marié et père de trois enfants, et il occupe aujourd'hui le poste de premier secrétaire à l'ambassade de Russie près du Quirinal.

— Le comte Lobanof n'est pas mort ? m'écriai-je, stupéfait.

— A mon récent passage à Rome, il se portait comme vous et moi.

— Il n'est pas parti avec la mission Jakson ?... Ah ! le misérable ! interrompis-je, furieux de toute ma sensibilité dépensée en vain. J'aurais dû m'en douter... Parions qu'il a oublié sa maîtresse morte, dès la première étape...

— Eh ! non, reprit le prince. Basile n'est pas si coupable. Fou de douleur après la mort de la Stolberg, il s'est bel et bien embarqué pour le Sénégal, et il est parti avec la mission. Mais, au sixième jour de marche, il est tombé très gravement malade, et une caravane l'a ramené à Saint-Louis, presque agonisant. Là, il a guéri, ce n'est pas sa faute. Des amis ont profité de sa langueur, de son peu d'énergie de convalescent, pour l'expédier en Europe... et depuis... à la longue... depuis, ma foi ! il s'est consolé.

— Mais alors, cette maison abandonnée ?... Que signifie cette comédie ? demandai-je avec mauvaise humeur.

— Comme vous êtes sévère, mon cher, répondit l'aimable Russe. Ce n'est nullement une comédie, et cela prouve, au contraire, que le comte est un homme d'honneur. Qu'a-t-il promis ? Que, lui vivant, personne n'entrerait sous le toit qui abrita ses amours de jadis. Eh bien, il a tenu parole. Et, au prix où sont les immeubles à Paris, cela lui coûte cher... D'ailleurs, qui sait s'il ne la pleure pas toujours, cette délicieuse Stolberg, et s'il ne regrette pas amèrement les soirs passés dans la maison close à écouter cette voix divinement douloureuse, qui faisait tant de mal et tant de plaisir à entendre ?... Tout ce que je peux vous accorder, ajouta le prince avec un sourir ironique, c'est qu'avec une grosse fortune, une belle famille et le séjour de la Ville Eternelle, un désespoir d'amour, vieux de douze ans, doit être assez supportable.

LE LOUIS D'OR

CONTE DE NOËL

A mon cher cousin Edouard Tramasset.

Lorsque Lucien de Hem eut vu son der-
ier billet de cent francs agrippé par le
teau du banquier, et qu'il se fut levé de
table de roulette où il venait de perdre
s débris de sa petite fortune, réunis par
i pour cette suprême bataille, il éprouva
mme un vertige et crut qu'il allait
mber.

La tête troublée, les jambes molles, il
la se jeter sur la large banquette de cuir
i faisait le tour de la salle de jeu. Pen-
ant quelques minutes, il regarda vague-
ent le tripot clandestin dans lequel il
ait gâché les plus belles années de sa
jeunesse, reconnut les têtes ravagées des
joueurs, crûment éclairées par les trois
grands abat-jour, écouta le léger frotte-
ment de l'or sur le tapis, songea qu'il était
ruiné, perdu, se rappela qu'il avait chez
lui, dans un tiroir de commode, les pistolets d'ordonnance dont son père, le général
de Hem, alors simple capitaine, s'était si
bien servi à l'attaque de Zaatcha ; puis,
brisé de fatigue, il s'endormit d'un sommeil profond.

Quand il se réveilla, la bouche pâteuse,
il constata, par un regard jeté à la pendule, qu'il avait dormi une demi-heure à
peine, et il éprouva un impérieux besoin
de respirer l'air de la nuit. Les aiguilles

marquaient sur le cadran minuit moins le quart. Tout en se levant et en s'étirant les bras, Lucien se souvint alors qu'on était à la veille de Noël, et, par un jeu ironique de la mémoire, il se revit soudain tout petit enfant et mettant, avant de se coucher, ses souliers dans la cheminée.

En ce moment, le vieux Dronski — un pilier du tripot, le Polonais classique, portant le caban râpé, tout orné de soutaches et d'olives — s'approcha de Lucien et marmotta quelques mots dans sa sale barbiche grise.

— Prêtez-moi donc une pièce de cinq francs, monsieur. Voilà deux jours que je n'ai pas bougé du cercle, et depuis deux jours le « dix-sept » n'est pas sorti... Moquez-vous de moi, si vous voulez ; mais je donnerais mon poing à couper que tout à l'heure, au coup de minuit, le numéro sortira.

Lucien de Hem haussa les épaules ; il n'avait même plus dans sa poche de quoi acquit'er cet impôt que les habitués de l'endroit appelaient « les cent sous du Polonais ». Il passa dans l'antichambre, mit son chapeau et sa pelisse, et descendit l'escalier avec l'agilité des gens qui ont la fièvre.

Depuis quatre heures que Lucien était enfermé dans le tripot, la neige était tombée abondamment, et la rue — une rue du centre de Paris, assez étroite et bâtie de hautes maisons, — était toute blanche. Dans le ciel purgé, d'un bleu noir, de froides étoiles scintillaient.

Le joueur décavé frissonna sous ses fourrures et se mit à marcher, roulant toujours dans son esprit des pensées de désespoir et songeant plus que jamais à la boîte de pistolets qui l'attendait dans le tiroir de sa commode ; mais, après avoir fait quelques pas, il s'arrêta brusquement devant un navrant spectacle.

Sur un banc de pierre placé, selon l'usage d'autrefois, près de la porte monumentale d'un hôtel, une petite fille de six ou sept ans, à peine vêtue d'une robe noire en loques, était assise dans la neige. Elle s'était endormie là, malgré le froid cruel, dans une attitude effrayante de fatigue et d'accablement, et sa pauvre petite tête et son épaule mignonne étaient comme écroulées dans un angle de la muraille et reposaient sur la pierre glacée. Une des savates dont l'enfant était chaussée s'était détachée de son pied qui pendait, et gisait lugubrement devant elle.

D'un geste machinal, Lucien de Hem porta la main à son gousset ; mais il se souvint qu'un instant auparavant il n'y avait même pas trouvé une pièce de vingt sous oubliée, et qu'il n'avait pas pu donner de pourboire au garçon du cercle. Cependant, poussé par un instinctif sentiment de pitié, il s'approcha de la petite fille, et il allait peut-être l'emporter dans ses bras et lui donner asile pour la nuit, lorsque, dans la savate tombée sur la neige, il vit quelque chose de brillant.

Il se pencha. C'était un louis d'or !

Une personne charitable, une femme sans doute, avait passé par là, avait vu, dans cette nuit de Noël, cette chaussure devant cette enfant endormie, et, se rappelant la touchante légende, elle avait laissé tomber, d'une main discrète, une magnifique aumône, pour que la petite abandonnée crût encore aux cadeaux faits par l'Enfant Jésus et conservât, malgré son malheur, quelque confiance et quelque espoir dans la bonté de la Providence.

Un louis ! c'étaient plusieurs jours de repos et de richesse pour la mendiante ; et Lucien était sur le point de l'éveiller pour lui dire cela, quand il entendit près de son oreille, comme dans une hallucination, une voix — la voix du Polonais avec son accent traînant et gras — qui murmurait tout bas ces mots :

— Voilà deux jours que je n'ai pas bougé du cercle, et depuis deux jours le « dix-sept » n'est pas sorti... Je donnerais mon poing à couper que tout à l'heure, au coup de minuit, le numéro sortira.

Alors ce jeune homme de vingt-trois ans, qui descendait d'une race d'honnêtes gens, qui portait un superbe nom militaire, et qui n'avait jamais failli à l'honneur, conçut une épouvantable pensée ; il fut pris d'un désir fou, hystérique, monstrueux.

SUR UN BANC DE PIERRE, UNE PETITE FILLE

D'un regard il s'assura qu'il était bien seul dans la rue déserte, et, pliant le genou, avançant avec précaution sa main frémissante, il vola le louis d'or dans la savate tombée ! Puis, courant de toutes ses forces, il revint à la maison de jeu, grimpa l'escalier en quelques enjambées, poussa d'un coup de poing la porte rembourrée de la salle maudite, y pénétra au moment précis où la pendule sonnait le premier coup de minuit, posa la pièce d'or sur le tapis vert et cria :

— En plein sur le « dix-sept ! »

Le « dix-sept » gagna.

D'un revers de main, Robert poussa les trente-six louis sur la rouge.

La rouge gagna.

Il laissa les soixante-douze louis sur la même couleur. La rouge sortit de nouveau.

Il fit encore le paroli deux fois, trois fois, toujours avec le même bonheur. Il avait maintenant devant lui un tas d'or et de billets, et il se mit à poudrer le tapis, frénétiquement. La « douzaine », la « colonne », le « numéro », toutes les combinaisons lui réussissaient. C'était une chance inouïe, surnaturelle. On eût dit que la petite bille d'ivoire, sautillant dans les cases de la roulette, était magnétisée, fascinée par le regard de ce joueur, et lui obéissait. Il avait rattrapé, en une dizaine de coups, les quelques misérables billets de mille francs, sa dernière ressource, qu'il avait perdus au commencement de la soirée. A présent, pontant des deux ou trois cents louis à la fois, et servi par sa veine fantastique, il allait bientôt regagner, et au delà, le capital héréditaire qu'il avait gaspillé en si peu d'années, reconstituer sa fortune. Dans son empressement à se mettre au jeu, il n'avait pas quitté sa lourde pelisse ; déjà il en avait gonflé les grandes poches de liasses de bank-notes et de rouleaux de pièces d'or ; et, ne sachant plus où entasser son gain, il bourrait maintenant de monnaie et de papier les poches intérieures et extérieures de sa redingote, les goussets de son gilet et de son pantalon, son porte-cigares, son mouchoir, tout ce qui pouvait servir de récipient. Et il jouait toujours, et il gagnait toujours, comme un furieux ! comme un homme ivre ! et il jetait ses poignées de louis sur le tableau, au hasard, à la vanvole, avec un geste de certitude et de dédain !

Seulement, il avait comme un fer rouge dans le cœur, et il ne pensait qu'à la petite mendiante endormie dans la neige, à l'enfant qu'il avait volée.

— Elle est encore à la même place ! Certainement, elle doit y être encore !... Tout à l'heure... oui, quand une heure sonnera... je me le jure !... je sortirai d'ici, j'irai la prendre, tout endormie, dans mes bras, je l'emporterai chez moi, je la coucherai sur mon lit... Et je l'élèverai, je la doterai, je l'aimerai comme ma fille, et j'aurai soin d'elle, toujours, toujours !

Mais la pendule sonna une heure, et le quart, et la demie, et les trois quarts... et Lucien était toujours assis à la table infernale.

Enfin, une minute avant deux heures, le chef de partie se leva brusquement et dit à voix haute :

— La banque a sauté, messieurs... Assez pour aujourd'hui !

D'un bond, Lucien fut debout. Ecartant avec brutalité les joueurs qui l'entouraient et le regardaient avec une envieuse admiration, il partit vivement, dégringola les étages et courut jusqu'au banc de pierre. De loin, à la lueur d'un bec de gaz, il aperçut la petite fille.

— Dieu soit loué ! s'écria-t-il. Elle est encore là.

Il s'approcha d'elle, lui saisit la main :

— Oh ! qu'elle a froid ! Pauvre petite !

Il la prit sous les bras, la souleva pour l'emporter. La tête de l'enfant retomba en arrière, sans qu'elle s'éveillât :

— Comme on dort, à cet âge-là !

Il la serra contre sa poitrine pour la réchauffer, et, pris d'une vague inquiétude, il voulut, afin de la tirer de ce lourd sommeil, la baiser sur les yeux, comme il faisait naguère à sa maîtresse la plus chérie.

Mais alors il s'aperçut avec terreur que les paupières de l'enfant étaient entr'ouvertes et laissaient voir à demi des prunelles vitreuses, éteintes, immobiles. Le cerveau traversé d'un horrible soupçon, Lucien mit sa bouche tout près de la bouche de la petite fille ; aucun souffle n'en sortit.

Pendant qu'avec le louis d'or qu'il avait volé à cette mendiante Lucien gagnait au jeu une fortune, l'enfant sans asile était morte, morte de froid !

Étreint à la gorge par la plus effroyable des angoisses, Lucien voulut pousser un cri... et, dans l'effort qu'il fit, il se réveilla de son cauchemar sur la banquette du cercle, où il s'était endormi un peu avant minuit et où le garçon du tripot, s'en allant le dernier vers cinq heures du matin, l'avait laissé tranquille, par bonté d'âme pour le décavé.

Une brumeuse aurore de décembre faisait pâlir les vitres des croisées. Lucien sortit, mit sa montre en gage, prit un bain, déjeuna, et alla au bureau de recrutement signer un engagement volontaire au 1er régiment de chasseurs d'Afrique.

Aujourd'hui, Lucien de Hem est lieutenant ; il n'a que sa solde pour vivre, mais il s'en tire, étant un officier très rangé et ne touchant jamais une carte. Il paraît même qu'il trouve encore moyen de faire des économies ; car l'autre jour, à Alger, un de ses camarades qui le suivait à quelques pas de distance dans une rue montueuse de la Kasba, le vit faire l'aumône à une petite Espagnole endormie sous une porte, et eut l'indiscrétion de regarder ce que Lucien avait donné à la pauvresse. Le curieux fut très surpris de la générosité du pauvre lieutenant.

Lucien de Hem avait mis un louis d'or dans la main de la petite fille.

LE PORTRAIT

Au docteur Duchastelet.

— Comment? C'est pour de bon que vous nous dites ça, père Maujeu?... Vous, un ancien de la Commune !... La prochaine fois, quand on donnera le coup de torchon de la fin pour le triomphe de la Sociale, vous ne marcheriez plus avec les camarades ! Vous ne tireriez plus sur les pantalons garance et sur la rousse !... Et pourquoi ça donc?

Le père Maujeu, ouvrier vieilli avant l'âge, — une tête hérissée de barbe et de cheveux gris, mais avec des yeux de brave homme, — secoua sur son pouce la cendre de sa pipe, regarda bien en face les deux jeunes camarades établis avec lui dans l'arrière-salle du cabaret, vida son verre et répondit :

— Pourquoi ça?... Eh bien ! écoutez-moi ça, jeunes gens, et profitez-en, si vous pouvez... Pendant le Siège et pendant la Commune, vous le savez, j'étais dans un bataillon de Belleville. J'avais vingt-cinq ans, la cervelle chaude ; j'étais garçon, je ne dépendais de personne, et je voulais chasser les Prussiens et sauver la République... Attention, voilà qu'on capitule et que les monarchos conspirent à Versailles... Vive la Commune, qui nous paie trente sous par jour et qui nous laisse nos flingots !... Le jour de la grande sortie, nous allons jusqu'à Rueil, avec Flourens. Mais là, les gendarmes du petit Thiers nous accueillent par un feu de salve ; et, par derrière, le Mont-Valérien nous couvrait d'obus... Nous apprenons que notre chef vient d'être tué. On se débande. Sauve qui peut !... Moi, je me jette dans une petite rue. Mais un gendarme m'a vu tourner l'angle et me poursuit. Nous étions

JE LUI FLANQUE MON COUP DE FUSIL

seuls dans la venelle. Je me retourne. Il me couchait en joue. Je fais un bond de côté : il me manque... A mon tour ! Et, pan ! je lui flanque mon coup de fusil à bout portant. Il lâche son arme, porte les deux mains à sa poitrine, fait un haut-le-corps comme quelqu'un qui va vomir, et tombe lourdement sur le nez... Bon ! mais au bout de la ruelle, c'était la campagne, où je voyais d'autres Versaillais qui donnaient la chasse aux camarades... Où me terrer ? Par bonheur, il y avait là une maison démolie par le bombardement, un débris du siège. Je me glisse dans la cave, où je vois de la paille bonne pour m'y cacher, si on fouillait la ruine... Je n'en eus pas besoin. Jusqu'au soir, je restai dans ma cachette, la tête au soupirail, observant à droite et à gauche. J'avais les yeux juste au ras du sol, et je voyais, à dix mètres tout au plus, le cadavre de mon gendarme... Pas un joli spectacle, je vous en fiche mon billet, à regarder pendant des heures, qu'un homme qu'on vient de tuer... Celui-là était un brigadier, une baderne à chevrons, avec la médaille militaire et toute la ferblanterie de Crimée et d'Italie. Il était couché sur le côté, très tranquille, l'air de dormir. Seulement, sa face était très pâle, et il avait sous lui une mare de sang. Son képi avait roulé à quelques pas de là, et le vent faisait frissonner les rares mèches grises de son crâne... Brr ! je n'aime pas penser à ça !... Enfin, la nuit vint. Je quittai mon trou, je rappliquai sur Paris comme je pus, et vous savez que je me suis battu jusqu'au bout. Heureusement que j'ai pu me crapater, tout à la fin, après la prise de la barricade du boulevard Voltaire, et qu'on ne s'est plus occupé de moi, vu que je n'avais même pas les galons de caporal.

» Là-dessus, trois ans se passent. La vie reprend son train-train. Et voilà que, un samedi de quinzaine, moi et un camarade d'atelier, nommé Ugène, nous nous sentons en disposition de faire la noce... A vingt-huit ans, quand on n'est pas marié, c'est encore permis, n'est-ce pas ?... Nous montons à Montparnasse, nous dînons chez un marchand de vins de la rue de la Gaîté, mais là, bien, avec chacun son litre, le gloria, le pousse-café, tout le tremblement, et l'on va finir la soirée au bal des Milles-Colonnes. Là, mon Ugène, qui avait oublié d'être timide, accosta deux guerrières, une grosse rousse, qui rigolait tout le temps, et une petite brune, au teint mat, pas effrontée, et qui me plut tout de suite. J'offre un saladier, on fait connaissance. Bref, à la sortie du bal, Ugène emmène la rousse, je donne le bras à la petite brune et je la reconduis jusque chez elle, au fond de Plaisance... N'ayez pas peur, les gosses. Je ne vais pas, à mon âge, vous conter des gaudrioles... Et attendez la fin avant de rire.

» Le lendemain matin, je me réveille pas bien fier de moi, avec un peu de mal aux cheveux. La femme dormait profondément. A quoi bon se faire des mamours, quand on ne doit jamais se revoir ?... Je me lève, je m'habille sans faire de bruit, et je m'approche de la cheminée pour y laisser ma pièce de dix francs, quand une petite photographie dans un cadre, à côté de la glace, me tire l'œil. Je m'approche... Et qu'est-ce que je vois ? Le portrait de mon gendarme de Rueil, nu-tête, assis sur une chaise, avec sa calvitie, ses chevrons et ses médailles !... Ah ! je le reconnus du premier coup, allez ! Je l'avais vu assez longtemps, là-bas, sur le pavé de la venelle, couché dans son sang !... Ça me fit un effet !... Oui, comme si j'avais eu dans le torse une main qui m'empoignait le cœur !... Le portrait de ce malheureux, ici !... Pourquoi ?... Qu'était-il donc à cette fille ?... Et, comme pour répondre à la question que je me posais tout bas, voilà que, tout à coup, derrière moi, la femme, qui s'était réveillée, me dit d'une voix triste : « Vous regardez le portrait de papa... » Hein ? Tableau !... Je venais de passer la nuit avec la fille de l'homme que j'avais tué !

» Bouleversé, la tête perdue, je voulus d'abord m'enfuir. Mais j'avais les jambes coupées par l'émotion ; et puis, j'étais aussi retenu là par cette pauvre fille, qui me faisait pitié. Elle s'était assise sur son lit, et, par un instinct de décence qui prou-

vait bien qu'elle ne faisait pas depuis longtemps son vilain métier, elle avait atteint
sur une chaise sa camisole pour en couvrir
ses épaules et ses bras nus. Elle était toute
jeune, dix-huit ans peut-être, et, malgré

dis-je. — Et, s'attendrissant, elle me conta
ses misères.

» Oui, son père, et un père excellent,
qui était veuf, qui n'avait plus qu'elle, qui
adorait sa petite Virginie. Ah ! s'il n'avait

ELLE S'ÉTAIT ASSISE SUR SON LIT

sa soirée et sa nuit de débauche, elle restait gentille et fraîche sous ses cheveux en
désordre ; et elle me regardait avec des
yeux d'innocente.

» Je pouvais à peine me tenir debout.
Je vins m'asseoir près d'elle, et, n'osant
plus la tutoyer, je lui indiquai du doigt le
portrait. « Alors, c'est votre père ? » lui

pas été tué, à Rueil, par ces gueux de
communards, elle serait restée honnête
fille. Elle était si heureuse, jadis, dans ce
village de Seine-et-Marne, à la gendar-
merie, où son père était brigadier et où elle
faisait déjà la petite ménagère !... Mais
quoi ? Orpheline à quinze ans ! Elle était
entrée comme apprentie, sans un sou à

elle, chez une parente éloignée, une corsetière du faubourg Saint-Denis ; et là, toutes, la patronne et les ouvrières, étaient des catins. Mauvais conseils, mauvais exemples. On l'avait bien vite perdue. Pourtant elle ne faisait la vie que depuis quelques mois. Pendant deux ans, elle était restée avec le même amant, un employé de ministère, qui l'avait quittée pour se marier... Et la pauvre enfant revenait toujours, avec des larmes qui me faisaient mal, au plus grand malheur de son existence, dont j'étais cause, à la mort de son père, que j'avais tué de ma main.

» Pendant qu'elle me parlait ainsi, je retrouvais mon bon sens et je n'avais plus qu'une idée, moi : réparer le mal dont j'étais l'auteur. Et il n'y avait qu'un moyen, n'est-ce pas? Me charger d'elle. Virginie habitait un galetas d'hôtel meublé, ne possédait que la robe qu'elle avait sur le corps. Moi j'étais un ouvrier connaissant son affaire, gagnant de bonnes journées. J'avais des meubles, quatre sous d'économies. Je n'ai pas hésité. J'ai emmené Virginie et je l'ai établie chez moi... Ça vous semble étrange, un meurtrier qui prend pour maîtresse la fille de sa victime. Mais je l'avais eue déjà, la fille, le coup était fait... Et puis, non, je n'étais pas un meurtrier... Je n'avais tué le gendarme qu'à mon corps défendant... A la guerre comme à la guerre !... Et c'était encore montrer du cœur que d'arracher son enfant au vice... Et j'ai réussi, mes enfants, et j'ai refait d'elle une travailleuse et une brave femme, et je l'ai épousée, pas bien longtemps après... je puis le dire, maintenant qu'elle est morte, car c'était elle, cette bonne mère Maujeu, que vous estimiez tous et que je pleure depuis deux ans !...

» Quant au portrait du papa, il est encore accroché dans ma chambre, en bonne place. Je l'ai toujours regardé sans remords, et même il y a des instants où il me semble que c'est lui qui me sourit avec bonté, le pauvre bougre de gendarme, et qu'il me remercie de ce que j'ai fait.

» Voilà, jeunes gens. Je suis resté aussi bon républicain que par le passé. Mais vous comprenez, maintenant, je l'espère, pourquoi je ne me battrai pas à côté de vous, à la prochaine, et pourquoi j'en ai assez, de la guerre civile.

UNE RESTITUTION

La session du Parlement étant close, l'honorable M. Grandcadet, député des Deux-Garonnes, prend le rapide — *gratis*, bien entendu, avec sa carte de circulation — et va tâter le pouls de l'opinion publique, dans sa petite ville.

Confortablement installé dans un coin de wagon, M. Grandcadet déploie un immense journal du soir, un journal bien pensant, ministériel, rédigé d'une prose lourde et triste comme la vertu, et dont la typographie elle-même a quelque chose de grave et de puritain. L'épisode du Panama — insignifiant, comme on sait, et exagéré avec tant de malveillance par les seuls ennemis de la République — est relégué dédaigneusement à la troisième page, et tout ce qui s'y rapporte est imprimé en *sept* et presque illisible. Par contre, les colonnes de l'organe austère sont encombrées de politique étrangère, d'articles d'un intérêt palpitant, qui commencent en ces termes : « Les choses se gâtent au Venezuela », ou bien : « Les jours du ministère Tricoupis seraient-ils comptés ? »

Pour faire bonne contenance devant le monsieur à moustaches blanches de colonel en retraite, qui est assis sur la banquette en face et lit tranquillement *la Cocarde*, M. Grandcadet ne quitte pas des yeux la feuille officieuse et semble se passionner pour la crise hellène et pour les dernières dépêches de Caracas, Mais, en réalité, M. Grandcadet a été très secoué par les derniers événements, et la sombre inquiétude habite dans son âme.

Son nom n'a pas encore été prononcé. Bon. Il n'a rien écrit, rien signé. A merveille. Mais qui peut répondre, par le temps qui court, qu'on ne trouvera pas, un de ces quatre matins, sur son compte, un papier compromettant ? Car enfin, tout de

même, il a touché son petit pot-de-vin,
l'honorable, comme les camarades, et il
n'a pas cru mal agir. Voyons, je vous en
fais juge. Il n'avait pas d'opinion sur le
dernier appel de fonds ; il hésitait. Un
homme considérable, un riche banquier,
qu'il rencontrait dans son milieu politique
avec qui il était dans les meilleurs rap-
ports, — presque un ami, lui ouvre les
yeux, lui fait comprendre combien il est
opportun — que dis-je? patriotique — de
voter dans un sens favorable à l'émission.
Ce monsieur, qui sait vivre, qui est un
parfait gentleman, lui propose — oh ! dans
les termes les plus délicats ! — de l'asso-
cier aux opérations financières qui se pré-
parent, tout naturellement, autour de cette
grosse affaire, et lui assure, lui paie d'a-
vance — pour calmer ses scrupules — un
gain, mon Dieu, pas énorme, une misérable pièce de vingt-cinq mille francs...
Laissez-moi donc tranquille ! vous auriez
accepté, tout comme M. Grandcadet.

Je sais bien, vous allez me dire : « Et les
souscripteurs? » Raisonnons. En cas de
succès, ils n'auraient rien dit, puisqu'ils
auraient fait un placement très avanta-
geux. C'étaient des joueurs, allons ! Voulez-vous savoir ma façon de penser? Pas
intéressants du tout, les souscripteurs.
Est-ce que Grandcadet pouvait deviner
qu'on ne percerait pas ce fameux canal?
Mais déjà, plusieurs fois, il avait réalisé
quelques bénéfices — des misères — dans
des affaires du même genre, qui avaient
plus ou moins réussi. Personne ne s'était
plaint.

Eh bien ! franchement, la main sur la
conscience, il ne se reprochait rien. Et,
faut-il tout dire? il n'y croyait pas, à cette
explosion de la colère publique. Tout cela
était factice. Il était facile de reconnaître,
derrière cette indignation de commande,
un complot des anciens partis, la main du
comte de Paris et des boulangistes. Le
Président du Conseil le leur avait dit en
face. Ah !... mais !... Heureusement qu'il
était là, lui, Grandcadet, pour défendre la
République menacée. Et au péril de sa vie,
s'il vous plaît ! On ne l'en aurait pas cru
capable, avec son petit bedon, ses favoris

en patte de lapin et sa mine de notaire
paillard qui se dispose à faire un trou à la
lune. Mais, quand la moutarde lui montait au nez !... Oui, s'il le fallait absolument, il se ferait tuer sur une barricade,
et, pareil à l'héroïque Baudin, il s'écrie-
rait : « Venez voir comment on meurt...
pour vingt-cinq mille francs ! »

Pourtant, malgré tous ces beaux raisonnements, l'honorable député des Deux-
Garonnes n'était pas à la noce.

— Si j'essayais de me reposer un peu,
se dit-il.

Il enfonça sur sa calvitie son bonnet de
voyage, s'enveloppa les jambes dans sa
couverture, s'étendit sur la banquette et
s'endormit bientôt d'un profond sommeil.

Mais, alors, il eut le cauchemar. Était-il
oppressé par le remords? Moi, je croirais
plutôt qu'il avait eu tort de manger du
civet, en dînant au buffet de la gare. Il
aurait dû se méfier. Le lièvre ne lui réus-
sissait pas.

Ses rêves furent absurdes.

Il se vit d'abord rentrant chez lui, ouvrant son coffre-fort, s'apercevant qu'on
l'avait volé et que, à la place du gros portefeuille de maroquin vert où il serrait
toutes ses valeurs, il n'y avait plus qu'un
bas de laine absolument vide. Puis, brusquement, il fut transporté à la Chambre
des députés ; mais il était seul sur son
banc, dans la salle déserte et à peine éclairée d'une lueur crépusculaire. Tous les
pupitres étaient fermés, toutes les portes
closes. Aucune trace humaine, qu'un énorme chapeau de haute forme, grand comme
un réservoir de jardin et posé sur le bureau
du président. Grandcadet le considérait
avec stupeur, lorsque le monstrueux cou-
vre-chef, faisant explosion, se mit à vomir
une innombrable quantité de petits carrés
de papier blanc, et sur tous le malheureux
député, doué soudain d'une puissance de
regard surnaturelle, put lire le nom de son
concurrent aux dernières élections. Mais,
tout à coup, le chapeau se replia de lui-
même, comme un gibus ; le plafond s'a-
baissa, les murs se rétrécirent, et Grandcadet, au comble de la surprise et de l'horreur, se trouva devant la Cour d'assises,

entre deux gendarmes, et reconnut, sous les robes à manches rouges et sous les toques galonnées d'or du président et des deux assesseurs, son portier, son coiffeur et sa femme de ménage de Paris, tous trois ruinés dans le Panama. Et le président se

cialistes ; et le seul candidat possible des monarchistes, le marquis de La Tour-Prend-Garde, partisan de don Jaime, n'est pas redoutable. D'ailleurs, nul ne connaît l'histoire de mes vingt-cinq mille francs. Du courage !

ENTRE DEUX GENDARMES

leva et lut, d'une voix caverneuse, une sentence extraordinaire, qui condamnait le sieur Grandcadet, ancien député, à dorer la tour Eiffel à ses frais, dans un délai de six mois, et à être ensuite empalé sur le paratonnerre de cet édifice.

C'était trop affreux. Le parlementaire se réveilla en sursaut. Il faisait petit jour, M. Grandcadet reconnut les coteaux et les vignes de sa patrie électorale.

— Décidément, le civet ne me vaut rien, pensa-t-il. J'ai fait de bien stupides rêves. Mais chassons ces mauvais présages. Je suis sûr de ma circonscription. Pas de so-

Une voiture attendait à la gare M. le député. La parfaite tranquillité de sa ville natale lui parut d'excellent augure. Sur son passage, le cheval blanc peint sur l'enseigne de l'auberge où se réunissaient les boulangistes ne se mit pas à hennir : « A bas les voleurs ! » et le coq de fonte juché sur le clocher de l'église ne lui chanta point : « Panama », en guise de cocorico.

Dès qu'il fut chez lui, sa servante Thérésine, qu'il avait prévenue, lui servit du café au lait ; et, tandis qu'il le savourait voluptueusement :

— Monsieur Grandcadet, lui dit la jeune

paysanne d'un air gêné, j'ai une chose ennuyeuse à vous avouer.

— Et quoi donc, ma fille?

— D'abord... c'est que je vais me marier.

— Avec Pierre, le bourrelier d'en face... Voilà deux ans que c'est convenu... Je le savais bien... C'est toujours pour la semaine prochaine?

— Oui... Mais voilà... C'est que pour me marier j'ai dû aller à confesse... et dire à monsieur le curé un tort que je vous avais fait...

— Du tort?... A moi?...

— Enfin, monsieur, pardonnez-moi, s'écrie Thérésine qui fond en larmes. Il y a que je vous ai volé... oui, que je vous vole depuis deux ans... et que je l'ai dit au curé, et qu'il m'a ordonné de rendre ce que j'avais pris... et que voilà votre argent, oh ! jusqu'au dernier sou, je vous le jure !...

Et la malheureuse retire de sa poche sa main pleine d'or et de menue monnaie, qu'elle verse sur la table, devant son maître.

— Comment?... Vous me voliez ! fait M. Grandcadet, plein d'étonnement et de colère.

— Hélas ! monsieur, ne me perdez pas et ne le dites à personne, je vous en supplie !... Vous voyez bien que je n'étais pas trop malhonnête, au fond, puisque je vous ai tout rendu.

— Soit... C'est bon, laissez-moi, répond le maître avec impatience.

Et, resté seul, M. Grandcadet tombe dans une rêverie. N'allez pas vous imaginer, par exemple, qu'il songe maintenant à restituer, lui aussi, ses vingt-cinq mille francs de pot-de-vin ! Une fois pour toutes, il considère le bénéfice comme acquis, et légitimement acquis. Non, devant l'action de cette pauvre fille, à qui le prêtre a rappelé le catéchisme oublié, c'est une réflexion de sociologue, d'homme d'État, qui vient à l'esprit de M. Grandcadet. Il rêve un moment. Puis il ramasse l'argent laissé par Thérésine, le fourre dans sa poche, et alors, — le croirait-on ? — lui, le fougueux libre penseur, lui, qui a voté toutes les lois anticléricales, il murmure entre ses dents :

— On a beau dire. Il faut une religion... pour le peuple.

MORTE EN MER

A Emile Pouvillon.

Il y a quelques années, j'ai passé plusieurs semaines dans un village marin de la côte bretonne. Quel trou, mais si pittoresque ! Un mauvais échouage pour dix bateaux tout au plus ; une seule rue, très escarpée, pareille au lit d'un torrent, et, là-haut, sur le premier plateau de la falaise, l'église, bijou gothique, au milieu du cimetière plein de folle avoine, d'où l'on domine l'Océan. Me trouvant bien pour travailler, je m'étais attardé dans ce coin jusqu'à la fin du mois de septembre, qui, par une chance assez rare dans le pluvieux Finistère, fut, cette année-là, exceptionnellement doux et pur.

J'occupais, dans l'unique auberge du lieu, une grande chambre blanchie à la chaux, sommairement mais proprement meublée, dont la fenêtre s'ouvrait sur le large. Assis sur une chaise de paille devant une table de bois blanc, j'ai composé alors tout un poème au bruit solennel et berceur des grandes lames qui semblaient me redire sans cesse que le rythme est une loi de la nature.

Mais on ne peut toujours faire des vers et écrire, et la promenade à pied était mon hygiène et ma distraction. Le plus souvent, je m'en allais le long de la grève, ayant à ma droite la falaise aride et monumentale, et à ma gauche les espaces découverts par la marée basse, immense désert de sable, taché seulement de quelques groupes noirs de rochers. La solitude était complète. A peine ai-je échangé là deux ou trois fois un salut avec quelque douanier faisant sa ronde, le fusil en bandoulière. J'étais un promeneur si régulier, si paisible, que les hirondelles de mer n'avaient plus peur de

6

ma vareuse rouge et sautillaient à quelques pas de moi, en imprimant leurs pas étoilés sur le sable humide. Je faisais ainsi, chaque jour, six ou huit kilomètres, et je rentrais, la poche pleine de ces délicats coquillages qu'on trouve en fouillant de la main les petits galets toujours mouillés.

C'était mon excursion favorite. Pourtant, par les jours de forte brise et de grosse houle, j'abandonnais le bord de la mer et, remontant la rue du village, j'allais flâner dans la lande ; — ou bien je m'établissais avec un livre, sur un vieux banc, dans le cimetière, où l'on était abrité du vent d'ouest par la masse de l'église.

Le bel endroit de tristesse et de rêverie ! Vers le ciel d'automne où couraient les nuées, le clocher à jour s'élançait, pieux et svelte. Des corbeaux, qui s'y étaient nichés, s'en échappaient et y revenaient en croassant, et l'ombre de leurs grandes ailes sans cesse glissait sur les tombes éparses dans l'herbe haute. Entre deux des contreforts de l'église, à demi ruinés, et dont la pierre grise et rongée par le vent marin se parait çà et là d'un frissonnant bouquet de petites fleurs jaunes, une chèvre noire au piquet, presque effrayante avec ses yeux de flamme et sa barbiche satanique, bêlait et tirait sur sa corde. Le soir surtout, quand, à travers le squelette d'un vieux pommier mort, aux branches rageuses, on voyait là-bas, à l'horizon, le soleil couchant saigner sur la mer, ce sauvage cimetière emplissait l'âme d'une poignante mélancolie.

Ce fut par un de ces soirs-là qu'en errant parmi les tombeaux, — plusieurs, au-dessous d'un nom de marin, portaient la mention sinistre : « mort en mer », — je lus, sur une croix encore neuve, ces mots qui m'étonnèrent et m'émurent :

ICI REPOSE

NONA LE MAGUET

Morte en mer, le 26 octobre 1878, à l'âge de dix-neuf ans.

Morte en mer ! Une jeune fille ! Les femmes n'embarquent pourtant jamais, sur les bateaux de pêche. Comment ce malheur était-il arrivé ?

— Eh bien, monsieur, dit tout à coup derrière moi une voix rude, vous regardez donc le tombeau de la pauvre Nona ?

Je me retournai, et je reconnus un vieux marin à jambe de bois, dont quelques verres d'eau-de-vie, offerts par moi dans la salle basse de l'auberge, m'avaient acquis les bonnes grâces.

— Oui, lui répondis-je. Mais je croyais que, vous autres pêcheurs, vous n'admettiez pas de femme à bord. Je m'étais même laissé dire que cela portait malheur.

— Et c'est la vérité, reprit le bonhomme. Aussi Nona n'est jamais montée dans un bateau... Vous voulez savoir comment elle est morte, la pauvre chérie ! Eh bien, je vais vous conter ça.

— Faut vous dire d'abord que son père, Pierre Le Maguet, était un ancien gabier comme moi, un vieux camarade. Au Bourget, quand l'amiral La Roncière a mis sa casquette dorée au bout de son sabre et nous a lancés, la hache au poing, sur les maisons crénelées, nous marchions coude à coude, Pierre et moi, et c'est lui qui m'a reçu dans ses bras, quand ces sacrés Prussiens m'ont envoyé un pruneau de plomb dans la cuisse. Le soir même, à l'ambulance du fort, Pierre me tenait la main pour me donner du courage, pendant que le major me charcutait ; et il était là encore, mon brave Pierre, le jour où l'amiral m'a apporté ma médaille dans mon lit... Mais, à la fin, ces gueux de Prussiens ont le dessus. On signe la paix, bon ! et on nous renvoie chez nous. Moi, avec ma jambe de bois, je n'avais plus qu'à manger ma retraite comme une vieille bête. Mais Pierre, qui avait tous ses membres au complet, lui, s'engage dans un équipage de pêche. Là-dessus, sa femme meurt d'un chaud et froid, et le laisse tout seul avec cette petite Nona, qui allait sur ses dix ans.

» Naturellement, pendant que le veuf était à la mer, c'était moi, son matelot, moi, vieux garçon, qui m'occupais de la petite. Une bonne et gentille enfant, monsieur, bien courageuse et bien douce ! Sommes-nous allés assez souvent, tous les deux, sur les bancs de rochers, à la mer basse, pour ramasser des tourteaux, des crevettes, quelquefois un homard ! Ah ! nous faisions une paire d'amis !

» Ça va bien comme ça pendant deux ans. Nona avait fait sa première communion, grandissait, poussait comme un chardon de sable. Mais voilà qu'un jour de gros temps, où l'*Amélie*, le bateau que montait Le Maguet, avait du mal à revenir à l'échouage, voilà que le patron n'amène pas à temps son foc et son tape-cul, et qu'il va se perdre, corps et bien, sur cet écueil que vous voyez d'ici... tenez, un peu plus à tribord. Il y avait quatre hommes d'équipage : le patron, deux matelots, dont mon pauvre Pierre, et le mousse. Mais la mer n'a jamais voulu ramener que trois noyés à la côte et a gardé mon camarade. Nona devenue orpheline, j'ai fait de mon mieux pour remplacer son père, ça va sans dire. Mais l'enfant, même après le gros coup de douleur passé, ne se consolait pas. Et savez-vous surtout pourquoi, monsieur ? A cause d'une idée qu'ont toutes les femmes d'ici. Elles s'imaginent, voyez-vous, que, pour ne pas rester une âme en peine jusqu'au jour du Grand Jugement, il faut reposer en terre consacrée. Nous ne croyons pas à toutes ces bêtises-là, nous autres, qui savons comment les choses se passent, quand il y a un décès à bord. Je la connais, la cérémonie : le cadavre dans un sac goudronné, boulet au pied, sur une planche, près du bordage, et le commandant, tête nue, le livre à la main, qui lit tout haut l'office des morts. Mais les femmes de chez nous sont tout au bon Dieu, vous savez bien,

et Nona se mit à brûler des cierges dans tous les Pardons du voisinage pour le repos de l'âme de son père.

» Cependant, malgré tout, le temps est un fameux marchand d'oubli, et Nona, au bout de quelques années, me faisait l'effet

UN VIEUX MARIN A JAMBE DE BOIS

de se consoler un peu. Du reste, ça ne l'avait pas empêchée de « forcir » et d'embellir ; et ce n'est pas parce que je l'aimais comme un père, mais, parole d'honneur ! elle était la plus fraîche et la plus jolie jeunesse de la paroisse. Nous vivions si heureux ensemble ! On n'était pas riche, bien sûr, mais, bah ! on s'en

ELLE AVAIT ÉTÉ CERNÉE PAR LES FLOTS

tirait tout de même. J'ai ma pension, ma médaille, et puis, nous allions toujours, Nona et moi, chercher du homard dans les roches. Le métier n'est pas mauvais, et il n'y a qu'un danger, celui de se laisser surprendre par la marée montante... Ah ! misère ! C'est comme ça qu'elle a péri, la pauvre petite !...

» Un jour que mon rhumatisme me clouait au logis et qu'elle était allée seule à la pêche, un jour comme aujourd'hui, tenez, ciel clair et grand vent, voilà que les fouilleurs de roches, en revenant avec leurs paniers pleins, s'aperçoivent que Nona manque à l'appel. Pas de doute possible, bon Dieu ! Elle s'était attardée, elle avait été cernée par le flot, elle était morte en mer !... Ah ! quelle nuit j'ai passée, monsieur ! A mon âge, oui, un vieux dur-à-cuire comme moi, eh bien, j'ai sangloté comme une femme ! Et le souvenir me revenait alors de la croyance de la pauvre fille, que, pour aller au ciel, il fallait qu'on vous enterrât dans le cimetière. Aussi, dès que la mer se mit à baisser, je me traînai sur la plage et je partis avec les autres à la recherche du corps.

» Et nous l'avons retrouvée, ma Nona, poursuivit le vieux marin dont la voix s'altérait. Nous l'avons retrouvée sur un rocher couvert de varech, où, se voyant perdue, la brave mignonne, elle s'était arrangée pour mourir. Oui, monsieur, elle avait noué ses jupes avec son fichu, au-dessous de ses genoux, par décence, et, conservant toujours son ancienne idée, elle s'était attachée aux goëmons par ses cheveux, par ses beaux cheveux noirs, certaine ainsi qu'on la retrouverait et qu'on la mettrait en terre sainte... Et, je peux le dire, moi qui m'y connais en bravoure, il n'y a peut-être pas d'homme assez crâne pour en faire autant !

Le vieillard se tut. A la dernière lueur du crépuscule, je vis deux grosses larmes qui coulaient sur ses joues tannées. Nous descendîmes ensemble vers le village côte à côte, sans nous rien dire. J'étais profondément ému par le courage de cette simple fille qui, jusque dans l'angoisse de la mort, avait conservé la pudeur de son sexe et la piété de sa race ; — et, devant moi, dans l'immensité lointaine, dans les sombres solitudes du ciel et de la mer, s'allumaient les phares et les étoiles.

Oh ! braves gens de mer ! Oh ! noble Bretagne !

EN PLEIN JOUR

A Jules de Marthold.

Ce matin, dimanche 30 avril, l'Odéon donne une matinée classique à une heure, c'est-à-dire à une heure « pour le quart ». N'oubliez pas que tout est faux, au théâtre, même l'heure qu'il est.

La grande coquette, Fanny Perez, s'est réveillée fort tard et elle est d'une humeur massacrante. Hier soir, elle n'avait qu'une « panne » dans la nouvelle pièce, dont la première représentation a été d'ailleurs assez houleuse. Son amant, Salomon Cerf, le coulissier, qui l'entretient sans prodigalité, a voulu absolument l'emmener souper avec trois confrères, qui ont parlé tout le temps d'un bon coup à faire sur le Rio Tinto. On s'est ennuyé ferme devant les viandes froides et la salade russe, et la pauvre fille, qui n'est plus toute jeune, — elle a trente ans, lisez trente-trois, trente ans « pour le quart », — s'est couchée à une heure indue. Or, cette après-midi, on doit commencer par les *Fausses Confidences*, où elle joue Araminte. Mariette, la femme de chambre, a bien deviné, à la violence du coup de sonnette, que « madame » était dans ses mauvais jours, et s'est hâtée d'apporter le chocolat et les journaux. Tout en déjeunant au lit, Fanny a parcouru les comptes rendus bâclés par les journalistes nocturnes. Elle y est à peine nommée deux ou trois fois, en même temps que ceux de ses camarades qui jouent les rôles secondaires, sans un éloge spécial, dans le tas, quoi ! Et la pièce est éreintée sur toute la ligne. C'est bien agréable !

Ding ! La pendule a sonné ! Onze heures et demie ! Déjà ! Il faut que Fanny soit au théâtre à midi au plus tard, pour avoir le temps de « faire sa figure ».

— Mariette ! Mariette !...

Et « madame » s'habille à la six-quatre-deux, en rabrouant la camériste.

— Mais non... Pas ces bottines-là, maladroite !... Et une voiture tout de suite, hein ?

Elle est prête à partir, enfin !... Toujours jolie, mais si pâle ! d'une pâleur

LE POSTICHEUR

jaune, les traits tirés, avec le frisson fiévreux de la mauvaise nuit, Fanny, sans s'apercevoir du radieux soleil et du ciel pur, se jette dans le fiacre, se pelotonne sous sa fourrure, et, au bout de quelques minutes, — parfait ! il n'est que midi cinq ! — elle arrive au théâtre, monte lestement l'escalier et entre dans sa loge, où l'attend déjà le posticheur, tenant sur son poing la perruque poudrée des coquettes de Marivaux.

— Bonjour, mame Fanny.

— Bonjour, Auguste... Dépêchons-nous.

L'actrice disparaît un instant derrière un paravent, ôte son costume de ville, met un peignoir par-dessus son corset, et s'installe enfin devant le miroir, entre les deux becs de gaz qui flambent avec un faible sifflement.

Dieu, qu'elle a mauvaise mine, ce matin ! Heureusement, voici les onguents et cosmétiques, épars sur la table de toilette. Cold-cream, poudre de riz, blanc gras, rouge végétal, veloutine, rien n'y manque. Il est là, au grand complet, l'arsenal de la beauté provisoire. Tout de suite, avec une adresse machinale, l'actrice entreprend son maquillage. Agile, elle ouvre les pots, les boîtes, les flacons, emplit quelques godets, mouille la petite éponge, enduit et badigeonne son visage, son cou, sa gorge, manœuvre la patte de lièvre, nettoie ses sourcils avec une brosse minuscule, et, toc ! toc ! deux coups de crayon bleu sous les yeux, et « mes bras que j'oubliais ! » et encore un peu de noir sur les cils, et une pointe de rouge sur les ongles et au croquant des oreilles. Elle embellit, elle se transfigure à vue d'œil, la comédienne ! Le regard est humide et lumineux, à présent. Le sourire a des rougeurs de grenade entr'ouverte.

— Vite, Léontine... Ma robe !...

L'habilleuse s'approche, l'air pénétré, tenant à bout de bras la belle robe de théâtre, la robe de satin rose à grands falbalas. Fanny se lève alors, dépouille vivement son peignoir, montre un instant au coiffeur — toujours là, sa perruque au poing, — oh ! des choses charmantes, une nuque, un dos, des épaules !... Elle enfile enfin la robe tendue, comme une écuyère passe à travers le cerceau, et la voilà, en moins d'une demi-heure, parée, coiffée, poudrée à frimas, étincelante dans la grâce pompeuse et maniérée de sa toilette du temps jadis.

Sa gaieté est revenue. Cette matinée, cette représentation devant des bourgeois, des étrangers qui lisent la brochure, des familles empilées dans les loges, ne lui apparaît plus comme une corvée, ainsi que tout à l'heure. Au contraire, Fanny est enchantée de jouer une fois de plus ce rôle d'Araminte, où elle sait qu'elle est bonne, où elle a toujours du succès. Oh !

les Saint-Cyriens des fauteuils d'orchestre, qui tiennent sur leurs genoux leur shako à plume blanche et rouge, vont l'applaudir à se peler la paume des mains, elle en est bien sûre, et l'on rêvera d'elle, cette nuit, dans bien des dortoirs de collèges. Et, tout en essayant son regard coulé de la grande scène du « trois », l'actrice, fière de sa beauté d'une heure, sourit au délicieux pastel encadré devant elle dans le miroir.

C'est fini. L'habilleuse agenouillée a posé la dernière épingle. Le coiffeur a piqué une rose dans la poudre de la perruque. Fanny est prête, et, triomphante comme un sous-lieutenant en grande tenue, un jour de parade, elle descend en scène, sa traîne sous le bras, l'éventail en main, à travers le dédale des escaliers obscurs.

Mais la voix traînarde de l'avertisseur a beau gémir dans les ténèbres : « On va... a... a... commencer... » Fanny a encore été trop exacte, comme toujours.

— Tu sais, ma belle, personne n'est encore descendu, lui dit le vieux comique Bonamy, avec qui elle se croise dans un corridor.

Et la comédienne, pour attendre le lever du rideau, entre au foyer des artistes. Mais, sur le seuil de la porte, elle s'arrête, éblouie.

Par les fenêtres ouvertes, le soleil pénètre largement en inondant de lumière le salon vaste et vide ; et dehors, c'est le printemps, — le printemps tout frais, splendide, arrivé de ce matin. Que le ciel est bleu ! qu'il est léger ! Et combien doux, le premier souffle de la jeune saison, à peine tiède, pur comme l'haleine d'un enfant ! Hier, le temps était gris et humide, les passants à parapluie pataugeaient dans la boue. Mais, cette nuit, cela s'est décidé tout d'un coup. C'est l'Avril. Aussi tout le monde est dehors, en habits des dimanches, et l'on prend d'assaut l'omnibus, et la foule se presse à la porte du Luxembourg. Car il est adorable, le vieux jardin, avec ses lilas en fleurs, ses oiseaux fous de joie, et ses vieux arbres au feuillage éclos d'hier, d'un vert si

tendre, si délicat, que les larmes en viennent aux yeux. O divine matinée ! Fin du méchant hiver ! Clémence du bon Dieu !

Devant cette apparition, l'actrice, dont l'âme n'est point bucolique, n'a tout d'abord qu'une réflexion maussade :

— Allons, bon ! Avec ce temps-là, nous allons jouer devant les banquettes... Je parierais qu'on ne fera pas « douze cents ».

Puis, voulant s'assurer encore que sa toilette lui va bien, elle se regarde dans une des hautes glaces du foyer, s'y voit des pieds à la tête, et, soudain, recule avec un geste de stupéfaction, presque d'épouvante. Car le soleil est vainqueur de tous les fards et de tous les postiches, et dans ce plein jour, dans cette clarté sereine, elle se trouve hideuse, la comédienne. Comment ! c'est elle, cette poupée de coiffeur peinte comme un tableau, cette tête de cire emplâtrée de graisse et de pommade ? Comment ! C'est son costume, cette robe fanée et pisseuse, ce paquet de farine sur la tête, cette rose de gâteau de pâtissier, ces verroteries de roi nègre et de saltimbanque ? Non, c'est à en crier de douleur !

Encore une fois, elle n'est pas très impressionnable, cette bonne Fanny ! Quand on roule depuis quinze ans dans les théâtres et qu'on en est réduite à supporter les hommages d'un Salomon Cerf, qui devrait être à Mazas, on est bronzée contre bien des sensations, n'est-ce pas ? Mais, en vérité, il est trop cruel, le contraste entre ce délicieux matin d'avril et le fantôme fardé et chargé d'oripeaux que Fanny voit reflété dans la glace. Pour la première fois de sa vie, elle éprouve comme une honte confuse de sa personne et de sa profession. C'est donc possible ! elle s'est usée, flétrie à ce point dans l'ombre et dans la poussière des coulisses ! Et, tout à l'heure, malgré cette radieuse journée, malgré ce joyeux soleil, il va falloir qu'elle descende sur la scène, dans cette cave illuminée, qu'elle recommence ses grimaces, qu'elle feigne des sentiments compliqués en parlant un langage litté-

raire, à peu près incompréhensible pour
elle, qu'elle fasse, en un mot, son métier
de singe et de perroquet. Le printemps?
Ah ! bien oui ! Ça n'existe plus pour elle.
Dans une rêverie très amère, voilà qu'elle
est emportée vers le passé lointain. Elle se

Si elle avait été raisonnable, pourtant
elle serait aujourd'hui la femme de quelque brave homme de chef de bureau, et,
par ce beau soleil, elle se promènerait au
bras de son mari, comme le couple qu'elle
voit d'ici entrer au Luxembourg, précédé

MA CHÈRE FANNY

revoit chez papa — un relieur en chambre, — quand maman la conduisait au
Conservatoire. Il y avait leur voisin de
palier, le petit blond, qui ne lui déplaisait
pas et dont elle se sentait aimée. Il était
employé dans un ministère, et si elle avait
voulu renoncer au théâtre, il l'eût épousée avec bonheur. Le père savait cela,
aurait bien voulu. Mais la mère était
ambitieuse, et M. Régnier affirmait qu'on
décrocherait le premier prix de comédie.

de deux petits collégiens. Mais je t'en
fiche ! Elle y est condamnée pour toujours,
à sa vie énervante et artificielle. Avec cela,
pas bien certaine de renouveler son engagement, et Salomon Cerf, — est-il son
dixième ou son douzième amant? elle ne se
rappelle plus ! — Salomon Cerf n'est ni gé-
néreux ni sûr. Quel sombre avenir ! Peut-
être lui faudra-t-il — et bientôt — jouer
dans les tournées de province, vieillir ainsi,
prendre, un jour, l'emploi des duègnes?...

En ce moment, le vieux pitre Bonamy — il **va** jouer Dubois dans les *Fausses Confidences* et, sous son habit de marquis, il a vraiment l'air d'un chienlit de Mi-Carême, d'un chien savant sur un orgue — entre au foyer, se regarde à son tour dans la glace, et dit à sa camarade, avec le cynique tutoiement du cabotin :

— Ma chère Fanny, tu es toujours jolie comme un cœur... Mais, il n'y a pas à dire... Nous ne sommes pas beaux, en plein jour.

Ah ! la pauvre comédienne a bien envie de pleurer. Mais la voix de l'avertisseur glapit dans le couloir : « Premier acte... On commence. » Et Fanny est bien forcée de retenir ses larmes, à cause de son ma quillage.

VITRIOLEUSE

A Emile Mestadier.

Oh! comme elle a l'air méchant, la femme en embuscade, au coin de la ruelle sombre! Une flambée de colère dans les yeux, tous les serpents de la jalousie et de la haine dans le cœur, la grande Mélie, d'une main tremblante, tient et cache sous son châle de tricot noir la petite boîte au lait en fer-blanc pleine de vitriol. De l'autre côté de la rue populeuse, le *Café du Progrès* — deux billards, bock à 25 c., poule au gibier tous les samedis — illumine le trottoir ; et le cordon de gaz, qu'on n'allume que les dimanches et les soirs de quinzaine, arrondit au-dessus de la porte ses jets de flamme travaillés par le vent nocturne. Chaque fois que s'ouvre la porte vitrée, un grand bruit de voix confuses, de carambolages, d'éclats de rire, s'échappe, par bouffées, de l'estaminet. Anatole est

là, — Mélie l'a vu entrer, elle en est sûre, — Anatole, le peintre en bâtiment, qui l'a débauchée au printemps dernier, qui lui avait promis le mariage et qui vient de la planter là, enceinte de quatre mois, — elle, restée sage jusqu'à vingt-deux ans, elle qui était folle de lui, — pour aller courir, le gueux, après les traînées du boulevard extérieur. Hier, elle l'a attendu, à la fin de la journée, devant la maison neuve, où il travaille en ce moment-ci ; elle l'a arrêté au passage, supplié avec larmes. Mais il a été féroce.

— Tu sais... En voilà assez, ma fille... Ton bébé?... Est-ce qu'il est de moi, seulement?

Oui, il a osé lui cracher ça en plein visage ! Aussi, elle le déteste à présent autant qu'elle l'a aimé, et elle se vengera, n'ayez pas peur. C'eût été si gentil, pourtant, s'il avait voulu ! Elle aurait loué, tout au bout du faubourg, un petit « cinquième » qu'elle sait bien, d'où l'on voit la lointaine campagne et l'horizon des collines ; elle aurait meublé ça avec des meubles de chez Crépin, et elle aurait tenu si proprement son ménage ! Ah ! l'on n'aurait pas été à plaindre. Anatole est

difficile, la queue derrière le dos, « en officier ». Et des massés ! Et des rétrogrades ! Et des quatre-bandes ! Ce ne sera pas lui — allez ! il n'y a pas de danger — qui règlera tout à l'heure la colonne Vendôme de ronds de feutre qui s'élève sur la table de marbre. Quand il aura gagné « la belle », encore un peu rigolé

IL FAIT LE BEAU AUTOUR DU BILLARD

fameux dans sa partie, il fait les marbres, la lettre ornée, et gagne jusqu'à des huit francs par jour. Elle, dans les bonnes années, arrive à trois francs cinquante, quatre francs avec sa machine à coudre. Qui sait ? à force d'économie, on se serait peut-être établi un jour. Anatole serait devenu entrepreneur, patron. Quel beau rêve ! finir bourgeoise !

Au lieu de cela, elle est une fille-mère, à cette heure ; elle accouchera à l'hôpital.

Et « monsieur » est au café ! Il fait le beau autour du billard. Il joue un coup

avec les camarades, il allumera une cigarette et s'en ira, les mains dans les poches, retrouver sa nouvelle bonne amie, la rouge-carotte avec des frisons qui lui tombent sur les yeux.

Eh bien, non ! Ça ne se passera pas ainsi, des infamies pareilles ! Non ! il s'en souviendra, le bel Anatole, de la grande Mélie. Elle a acheté du vitriol, elle est aux aguets, et tout à l'heure, quand le traître sortira du café, elle fera sauter le couvercle de la boîte à lait, et vlan ! en pleine figure ! Car elle l'a maintenant en exécra-

ELLE FERA SAUTER LE COUVERCLE

tion, ce joli visage à petites moustaches,
ce museau de mauvais sujet qui l'a séduite.
Ah ! quelle joie atroce elle aurait à le
déchirer avec ses ongles ! C'est une fureur
de bête qui la pousse. Elle ira en prison,
tant pis ! Mais toi, du moins, le malin, tu

SA PETITE FILLE ENDORMIE SUR SON ÉPAULE

ne pourras plus crâner comme autrefois
et faire le joli-cœur dans le faubourg, avec
ta longue blouse blanche et ton bonnet
de coton à raies roses campé sur l'oreille.
Quand tu auras un œil de moins et une
joue brûlée, tu n'enjôleras plus les filles.
Entends-tu, canaille ?

Dans sa fièvre de rage et de vengeance,
Mélie est prise d'un besoin de marcher,
de se remuer. Elle quitte un instant son
poste d'observation, fait quelques pas sur
le trottoir.

Tout à coup, à côté d'elle, une voix
d'homme murmure tristement :

— Bonsoir, mam'zelle Mélie.

Comme réveillée en sursaut, elle reconnaît son voisin de palier, le père Victor,
le mécanicien, qui porte sa petite fille
endormie sur son épaule.

C'est un brave homme, un travailleur,
qui ne boit jamais, sans un vice. Son
tort a été de se marier tard avec une
femme trop jeune pour lui, une espèce
de toquée qui l'a quitté pour faire
la vie. Quel chagrin ! A quarante
ans, il a la barbe toute grise, l'air
d'un vieux. On l'appelle déjà le père
Victor et on a raison, car il ne vit
plus que pour son enfant ; et tout
le monde le plaint et l'estime.

Cette rencontre, en un pareil moment, a troublé Mélie. Ils ont eu le
même malheur, pourtant, elle et ce
pauvre homme.

Le père Victor ignore les potins
de la maison, ne sait pas que Mélie
a pris un amant. Mais, si tard qu'il
se couche, il entend toujours, à travers la cloison, chez l'ouvrière, le
« tic-tic-tic » de la machine à coudre,
et il est plein de bienveillance pour
cette laborieuse fille.

— Alors, mam'zelle Mélie, vous
faites comme nous... Le petit tour
avant d'aller faire dodo ?... Quant à
Georgette, vous voyez ! dit-il en
regardant la fillette qui dort, elle a
déjà pris un petit acompte.

Et, d'un geste tendre, il penche la
tête vers le front de son enfant et
baise tout doucement les boucles
blondes répandues sur sa vareuse encrassée
de limaille.

Mélie a senti quelque chose tressaillir
en elle. Car, bientôt, elle va être mère.
Elle l'est déjà.

— Comme vous l'aimez, votre Georgette !

— Je n'ai qu'elle, vous savez bien,
répond l'ouvrier. Mais, tout de même, une
petite fille à élever, ce n'est pas commode
pour un homme seul... Enfin, il y a l'asile,
et puis j'ai fini par apprendre mon métier
de maman.

Devant ce bon père, cet honnête homme

malheureux et si doux, Mélie sent un apaisement se répandre en elle. Oui ! se résigner, travailler et vivre pour l'enfant qui lui naîtra. Elle le pourrait, elle le devrait... Mais, pendant ce temps-là, ce gredin d'Anatole !... Ah ! non, par exemple. Et, serrant dans sa main, sous son châle, la boîte à lait pleine de vitriol, elle demande brusquement, d'une voix sombre :

— Vraiment, père Victor, vous à qui on a tant fait de chagrin, vous n'avez jamais pensé à vous venger ?

Il la regarde avec étonnement.

— Pour ça, jamais !... J'ai eu une autre idée, mauvaise aussi, et que j'ai vaincue, à la fin. Voyez-vous, mam'zelle Mélie, il y a des gens, quand on les offense, qui ne songent qu'à tuer, à faire du mal. Moi, quand ma femme s'est enfuie, je n'ai songé qu'à mourir. Mais ce n'était pas possible à cause de la petite... Et aujourd'hui, elle me console de tout.

Cette fois, Mélie sent son cœur et ses yeux se gonfler. Ah ! le bel Anatole — qui est toujours en face, au « Café du Progrès » — peut tranquillement soigner son « coulé » et finir sa série Elle ne se vengera pas, l'abandonnée. Elle a honte, à présent de son affreux désir, de cette horrible chose qu'elle cache toujours sous son châle de tricot.

— Maintenant, je vais rentrer, dit le père Victor, en remontant jusqu'à son épaule, avec le geste des mères et des nourrices, sa petite fille affaissée de sommeil... Car elle se fait lourde, ma Georgette, elle va sur ses quatre ans... Au revoir, mam'zelle.

— Non, non, je fais route avec vous, répond vivement Mélie. Allez devant, je vous rejoins... Le temps d'acheter une bougie chez l'épicier.

Mélie disparaît un instant dans la petite rue, vide et jette à l'égout la petite boîte de fer-blanc, puis, ayant rejoint le vieil ouvrier et tendant vers lui ses mains délivrées, ses mains innocentes, que déjà fait frémir l'instinct maternel :

— Père Victor, dit-elle, vous devez être fatigué de porter ce gros pâté-là. Confiez-moi donc un peu la gamine.

MERLES PARISIENS

A Mademoiselle Louise Read.

Je connais un verger en plein Paris.
Vous entendez bien. Je n'ai pas dit un
parc, un jardin. J'ai dit un verger, comme
à la campagne. Ce n'est pas à côté de la
Bourse, bien entendu. Mais enfin, c'est
dans Paris, au faubourg Saint-Germain,
à trois ou quatre portées de fusil du *Bon
Marché*. Et c'est assez grand. La moitié
d'un hectare, au moins. Un vrai jardin
fruitier, je le répète, où les pommiers en
avril sont poudrés comme les marquis
de l'ancien répertoire, où il y a des cerises
en juin, où des pêchers sont crucifiés sur
les murs. Et ce verger se complète par un
potager, par une basse-cour. Vous trou-
veriez là des œufs frais, vous pourriez y
cueillir du persil ou arracher une salade.
C'est extraordinaire, mais c'est ainsi.
Cette chose monstrueuse existe, pas très

loin de la tour Eiffel, dans la même ville
que le *Chat Noir*.

L'endroit est charmant, et si paisible !
A peine, de temps à autre, le roulement
étouffé d'une voiture qui passe dans les
rues du voisinage ; puis, à des heures régu-
lières, quelques notes de clairon, à gauche,
dans la cour d'une caserne mitoyenne, ou
bien deux ou trois coups de cloche, à
droite, dans le couvent prochain. Les
nouveaux emménagés des maisons d'alen-
tour commencent par se préoccuper de
toutes ces sonneries. Ils arrivent à s'y
connaître, disent bientôt : « Ça, c'est pour
les fourriers... Ça, c'est pour la soupe »,
ou : « Voilà la messe, — l'Angélus. »
Mais, au bout de quelques mois, ils n'y
pensent plus, n'entendent même plus
rien.

Outre sa paix profonde, ce verger a
d'autres agréments. D'abord, il ne ressem-

ble pas trop à un jardin de curé. Il n'y a pas là que des arbres bêtes, comme le poirier-quenouille, par exemple. Les lilas y fleurissent, au printemps. Deux grands peupliers s'y penchent sous la brise en se murmurant leur éternel secret. C'est une oasis de verdure dans le désert pierreux de la grande ville. Et puis, comme le verger n'est entouré que de jardins ou de maisons assez basses, c'est un des rares coins de Paris où, sans monter jusqu'au cinquième au-dessus de l'entresol, on ait devant soi un vaste espace de ciel, où l'on puisse voir courir les nuages, glisser les hirondelles, flamboyer les soleils cou-chants. Les casaniers, les rêveurs, les poètes, ou même, tout simplement, ceux qui aiment la belle lumière, devraient se loger par là. Mais ne le dites pas, je vous en prie ; les loyers augmenteraient.

D'ailleurs, vous ne me croyez pas, avouez-le. Un verger d'un demi-hectare, dans un quartier où le terrain vaut deux ou trois cents francs le mètre ! Allons donc ! Je vous connais, monsieur, vous êtes un homme pratique, un esprit sérieux, vous voyez l'affaire d'ici. Si ce morceau de Paris vous appartenait, il y a beau jour que tout ce coin d'idylle aurait été converti en bois à brûler et remplacé par une enfilade de cours sans air et par trois ou quatre hideuses maisons de rap-port, avec tout le confort moderne, des cabinets à l'anglaise, le gaz et l'eau à tous les étages. Un immeuble comme celui-là, bien tenu par un régisseur très dur, — un ancien garde-chiourme, autant que possi-ble, — qui ferait payer les termes d'avance et *recta !* Mais ce serait une fortune superbe, de quoi se procurer toutes les douceurs de l'opulence, se faire changer son assiette par un drôle en livrée marron, qui cracherait dedans, derrière votre dos, pour la nettoyer, entendre au moins vingt-cinq fois par an la *Favorite* à l'Opéra, et même obtenir les bonnes grâces, mon gaillard, de cette petite marcheuse, tenez ! la troisième à droite, dans le second qua-drille, celle qui a de gros diamants aux oreilles et les jambes un peu cagneuses.

Non, non ! On ne vous fera pas admet-tre qu'il existe un nigaud capable d'immo-biliser un aussi gros capital, et cela pour le ridicule et bucolique plaisir de passer, en chapeau de paille, la revue de ses espa-liers et d'écraser, de cinq minutes en cinq minutes, un colimaçon sous sa botte. C'est invraisemblable, c'est impossible.

Eh bien, cependant, c'est comme j'ai l'honneur de vous le dire. Le verger que je viens de vous décrire n'est pas un mythe, et il a son jardinier, — le propriétaire, — un inoffensif maniaque, qui n'a d'autre souci que sa récolte de fruits, qui ne vit que pour elle, qui s'inquiète de l'état du ciel, comme un paysan, implorant la pluie, ayant peur de la grêle. Oui, double Pari-sien que vous êtes, tandis que vous vous abonnez au Théâtre-Libre et que vous discutez avec passion sur le droit de l'au-teur dramatique d'introduire — oui ou non — le mot de Cambronne dans le dialogue, un homme de mœurs douces et rurales vit tout près de vous, sans s'inté-resser à ces questions palpitantes, cultive son jardin comme Candide, s'y promène, l'hiver, en sabots pleins de paille, l'été, en veste de coutil, et n'a pas de joie plus pure que de cueillir, à l'automne, quelques pommes et quelques poires, qui, vu le prix des terrains à Paris, lui reviennent à quatre ou cinq louis la pièce, et ne valent rien d'ailleurs, le sol et l'air n'étant pas favorables.

Or, ce brave homme, en sa qualité d'amateur de fruits, est l'ennemi-né des oiseaux ; et Paris, — vous ne vous en doutez pas, monsieur, vous préférez vous occuper d'un tas de niaiseries, de la supé-riorité du scrutin de liste sur le scrutin d'arrondissement ; mais je sais cela, moi, — Paris, vous dis-je, a tout un délicieux peuple ailé. Pas de rossignols, hélas ! ni de loriots, ni de fauvettes. Ces divins chan-teurs-là, Parisien, mon ami, ce n'est pas pour ton fichu nez. Mais, dans le verger dont je vous parle, on est assourdi, au printemps, par les moineaux, et, parole d'honneur ! j'y ai entendu le guilleri si leste et si gai du pinson. Mais ce qui pullule ici, surtout, ce sont les merles. Oh ! ce qu'il y a du merle dans ce verger, c'est ncroyable ! « En bottes jaunes, en frac noir », comme dit Théophile Gautier, on les voit sautiller dans les allées, voler d'arbre en arbre, se percher sur les branches. Et très hardis, avec cela, très insolents, l'air de se moquer du propriétaire, cassés pendus à des ficelles et dans les arbres principaux se dressaient, horribles et les bras ouverts, des mannequins aussi mal mis que le soi-disant homme de lettres tombé dans la débine, qui surprend au saut du lit un confrère plus fortuné et

DES MANNEQUINS AUSSI MAL MIS

qui les a en horreur ; car le merle, à ce qu'il paraît, c'est l'Attila, le Tamerlan des arbres à fruits.

Au mois de mai dernier, notre horticulteur a donc déclaré aux merles une guerre acharnée.

D'abord, il n'avait essayé que de les effrayer. Tout le jardin avait été sali et enlaidi de chiffons rouges et de verres lui extrait une pièce de cent sous. Mais les merles parisiens sont des incrédules et des sceptiques. Au bout de quelques jours, ils se moquaient des culs de bouteille et des linges écarlates, et sifflaient sans vergogne sous le nez des épouvantails déguisés en poètes lyriques dont Alphonse Lemerre a refusé tous les manuscrits.

Alors l'amateur de jardin se fâcha, il

devint féroce. Il acheta un fusil à deux coups, qu'il portait en bandoulière. Dès qu'il apercevait un merle juché, vite il mettait son sécateur en poche ou déposait son arrosoir, et, pan ! pan ! l'oiseau était par terre. Le nombre des merles diminua. Fier de ce premier succès, leur

émigrèrent, et le verger fut sans chansons.

Mais l'homme impitoyable qui défendait avec tant de barbarie l'espoir de ses pommes sentant la paille et de ses poires cotonneuses, ne devait pas jouir longtemps de son triomphe. Un voisin, un ami de la nature, dont le logement avait vue

UN FUSIL QU'IL PORTAIT EN BANDOULIÈRE

ennemi chercha d'autres moyens de destruction, se souvint de la guerre d'Espagne et des puits empoisonnés. D'appétissantes boulettes furent semées par lui dans les allées, et, le lendemain, le jardin était jonché de cadavres de merles, tout raidis, les pattes en l'air. Cette fois, les pauvres siffleurs se découragèrent. Ils se dirent sans doute entre eux, à leur manière, que la place n'était pas tenable, ils

sur le jardin et qui n'admettait pas le printemps sans frissons d'ailes et sans chants d'oiseaux, se transporta sur le quai de la Ferraille, acheta une cage pleine de merles, et les lâcha par sa fenêtre. Fureur de l'arboriculteur devant cette invasion. Nouveaux coups de fusil, nouvelles boulettes. Mais le voisin était un homme entêté. Il retourna chez le marchand d'oiseaux, repeupla le jardin, et, à chaque nouveau massacre, il recommença, imperturbablement. Si bien qu'à la longue, l'amateur de fruits, n'y comprenant rien, fatigué d'une lutte inutile, a fini par se résigner. Son fusil reste au clou ; il ne cultive plus l'art détestable des Borgia, et maintenant les merles parisiens, qui savent que l'endroit est désormais tranquille, sifflent dans le verger du matin au soir.

Elle est arrivée, je vous l'assure, l'histoire de « l'homme qui remet des merles ». Je le connais, ce dilettante excentrique à qui il faut des oiseaux dans le paysage. Je connais aussi un autre voisin, un auteur dramatique, qui est furieux d'entendre ainsi siffler toute la journée. Cela lui rappelle ses premières représentations, et il vient de donner congé.

LE PREMIER CHAPITRE

DE MES MÉMOIRES

A mon cher neveu Raymond Montreuil.

Je ne les écrirai jamais. La besogne est trop longue pour un paresseux tel que moi. Pourtant le premier chapitre serait, il me semble, assez intéressant. Je le consacrerais à mes grands-parents, que je n'ai pas connus, mais dont je possède les portraits. C'est la mode à présent, quand on étudie un homme, de rechercher quelles furent ses origines, de découvrir en lui une nouvelle preuve des lois de l'atavisme. Le caprice me vient de faire cette expérience sur moi-même, d'examiner ce qui peut bien survivre, dans mon esprit et dans mon caractère, de l'âme de mes aïeux.

D'abord la ligne paternelle.

Ils sont charmants, les deux portraits. Peints par une certaine dame Duez, bonne élève de Greuze, ils étincellent de vérité physionomique. Ce qui frappe tout d'abord ici, c'est la grâce aimable, l'air de bonheur, qu'on voit sourire sur tous les visages du siècle dernier. Cependant ces deux toiles ont été peintes en plein Paris révolutionnaire. On ne s'en douterait pas sans la date : 1794.

Pas trop engoncé par l'habit à haut collet et l'ample cravate de mousseline blanche, l'homme — il touche à la fin de la jeunesse — dresse sa tête élégante et fine, à peine poudrée. J'aime cette figure intelligente et douce, où, seul, le nez sensuel — un nez de priseur — trahit un fond de tempérament voluptueux. Quant à la jeune dame, elle est exquise. Cette fraîcheur de teint, ces jolis yeux couleur de café, surtout ce casque de cheveux châtains où court un ruban ponceau, rappellent le célèbre portrait de madame Vigée-Lebrun embrassant sa fille. Deux grosses perles aux oreilles, en corsage blanc très court, qui s'entr'ouvre en pointe jusqu'à la naissance des seins, elle est adorable de candeur, ma toute jeune grand'mère.

Ces deux personnages fleurent l'ancien régime. Évidemment, ce couple-ci devait

SON PAQUET AU BOUT D'UN BATON

être suspect, et mon grand-père, redoutait, j'en suis sûr, le perruquier jacobin et dénonciateur qui venait, tous les matins, le raser et lui faire la queue. Cependant, Jean-Baptiste Coppée, l'homme au nez de priseur, était d'origine populaire. Fils de pauvres cultivateurs wallons, il était arrivé tout jeune à Paris, son paquet au bout d'un bâton, pour chercher for-

tune, et, chance rare, il l'avait trouvée. De tout petit serviteur dans les bureaux du fermier général d'Ongy, il devint peu à peu son secrétaire intime, son homme de confiance. A la Révolution, le financier s'enfuit ou se cacha, disparut enfin, laissant à mon grand-père le soin et la garde de ses immeubles à Paris, notamment de l'hôtel d'Ogny, aujourd'hui mairie de la rue Drouot. C'était là que l'adroit et intègre dépositaire faisait tout de suite monter un panier de vin, quand se présentaient les sectionnaires, et apaisait les terribles enquêteurs par de larges dons patriotiques. En pleine Terreur, cet honnête homme rencontra la jolie personne aux yeux couleur de café et s'éprit d'elle. C'était la fille d'un simple maître de manège, mais, par sa mère, elle avait dans les veines le sang lorrain des Rechen, vieille noblesse d'épée. Devant les portraits de mes grands-parents, je m'imagine souvent leur mariage religieux, secrètement célébré par un prêtre non assermenté, disant la messe sur une commode rococo, dans une chambre close, tandis que les bandes de sans-culottes, qui passent en hurlant dans la rue, répondent par le *Ça ira* aux *Dominus vobiscum* de l'officiant.

Mes grands-parents se marièrent en 93 et furent heureux. C'est ainsi. Les plus tragiques événements n'interrompent pas le train ordinaire de la vie. Jamais je ne vois les rondes de petites filles dans les Tuileries, sans me dire qu'au temps où le rasoir national fonctionnait à cent pas de là, il devait y avoir quand même des enfants qui chantaient en dansant sous les marronniers, et que leurs « Giroflé - Girofla » étaient scandés par les coups sourds du couperet.

Un jour, à Londres, dans le musée Tussaud, visitant le prétendu échafaud de Louis XVI, j'aperçus, sous la sinistre charpente, deux amoureux — un jeune Anglais très correct et une petite « miss » en manches à gigots — qui se donnaient un baiser. Mes grands-parents, eux aussi, se sont aimés sous la guillotine.

Ils furent, je le sais, de sentiments, sinon de naissance, des ci-devant, des aristocrates. Les légendes de ma famille me montrent mon grand-père à la table du fermier général, en compagnie d'un abbé de cour et d'une ancienne danseuse de l'Opéra, que le financier avait fini par épouser. Pour ma grand'mère, elle parlait volontiers, m'a-t-on conté, de ses deux oncles, les messieurs de Rechen, anciens officiers de l'armée royale. L'un d'eux a servi peut-être dans cette courtoise Maison-Rouge, où, pour commander la charge, le capitaine saluait avec grâce son escadron et disait : « Messieurs les gendarmes de la maison du Roi, veuillez assurer vos chapeaux. Nous allons avoir l'honneur de charger. »

De ces parents-là, j'en suis certain, je tiens mon horreur des violences populaires, ma répugnance pour la brutalité démocratique, mon regret, je dirais presque ma nostalgie de tant de choses élégantes et douces du temps passé ; en un mot, cette délicatesse instinctive dont j'ai bien le droit de me vanter, car, dans l'âpreté du monde moderne, elle me rend parfois assez malheureux. Bref, je serais un pur « aristo », sans l'influence des parents de ma mère.

J'ai aussi leurs portraits. Oh ! deux croûtes ! Mais le peintre d'enseignes qui les a brossées conservait tout de même un reste de la conscience des Primitifs, et il a reproduit avec sincérité, sinon avec talent, les bonnes figures de ces deux plébéiens.

Avec sa solide redingote de drap verdâtre boutonnée sur un gilet blanc à larges raies bleues, avec ses cheveux bruns coupés carrément en oreilles de chien, Pierre Baudrit, dit Saintongeois, le forgeron qui ne savait pas lire, montre de face une figure aux traits rustiques, dont le front est traversé par trois grandes rides toutes simples, sans doute creusées à la longue par la continuelle secousse du coup de marteau sur l'enclume. Rien de plus naïf que la physionomie de cet artisan ; elle

fait songer aux existences d'autrefois, toutes de piété et d'habitude, aux donataires en extase, agenouillés devant la Bonne Vierge, dans les vitraux gothiques. La femme de ce brave homme, qui lui fait pendant, a mis, pour poser devant le peintre, sa robe brune à pèlerine, sa chaîne d'or où pend une clef de montre, et son énorme bonnet tuyauté. Oh ! l'énergique visage ! Sa mâchoire un peu lourde le rendrait même trop sévère, si cette impression n'était corrigée par la bouche pleine de bonté et par ces yeux vifs où devait rire bien souvent la gaieté de la Parisienne. Dans le ménage, ma grand'-mère était certainement la tête, le cerveau, et je jurerais qu'elle a porté la culotte.

Ils appartiennent aussi à la Vieille France, ces deux humbles. Compagnon à boucles d'oreilles, mon grand-père a fait son tour de France, forgé son chef-d'œuvre, gagné sa maîtrise. Ayant épousé à Paris une femme de sa condition, il s'établit dans une des ruelles qui aboutissaient à l'ancienne place de Grève, la rue du Mouton ; et, dans son atelier ouvert à tous les vents, on ne se chauffait qu'au feu de la forge. Plus tard, ainsi que dans l'Égypte antique, son fils, son petit-fils, son arrière-petit-fils, ont été comme lui des ouvriers du fer. Ils sont devenus des maîtres fameux dans leur métier. Ils ont ressuscité l'art perdu des grands forgerons d'autrefois. Elle est signée Auguste Baudrit, la merveilleuse porte de fer forgé du nouvel Hôtel de Ville de Paris. M. is le pauvre aïeul qui logeait jadis à vingt pas de là ne se doutait pas que la maison fondée par lui deviendrait illustre et plus que centenaire. Dans le vieil Hôtel de Ville, dont il était le fournisseur, il n'avait guère qu'à raccommoder les serrures et à poser les sonnettes. Ma grand'mère était une vaillante femme ; mais il y eut bien vite une kyrielle d'enfants autour de la soupe. La vie était difficile, et les misères des jours révolutionnaires la rendirent encore plus dure. Le père Baudrit serait peut-être mort de faim, s'il n'avait pas eu à forger

S'IL N'AVAIT PAS EU A FORGER DES PIQUES

des piques pour sa section ; et ce digne homme, chez qui l'on priait, le soir, en famille, pour le Roi et pour la Reine, a peut-être armé les farouches émeutiers du Dix Août.

Mes grands-parents du côté maternel m'ont aussi légué, je l'espère, un peu de leur trésor moral, c'est-à-dire le bon sens populaire, le goût de la vérité, et surtout le respect des travailleurs et l'amour des petites gens.

Les savants éclairciront-ils un jour les mystérieux phénomènes de l'hérédité ? Arriveront-ils à prouver que les qualités de l'esprit et du cœur sont transmissibles comme les maladies, et qu'un homme est brave ou poltron, orgueilleux ou modeste, comme il est rhumatisant ou phtisique ? C'est leur affaire. Mais tout ce que je sais de mes aïeux, par leurs portraits et par les récits de mon enfance, explique, selon moi, certaines contradictions de ma nature. C'est grâce à mes aïeux, je le crois fermement, que je suis un raffiné qui se plaît avec les gens simples, un aristocrate qui aime le peuple ; et, dans ce premier chapitre de mes mémoires, qui sera sans doute l'unique, il m'est doux aujourd'hui de donner aux deux familles parisiennes dont je suis issu un souvenir reconnaissant, tendre et respectueux.

TABLE

NOUVELLE COLLECTION ILLUSTRÉE
CALMANN-LÉVY

www.ingramcontent.com/pod-product-compliance
Lightning Source LLC
LaVergne TN
LVHW021745060726
842528LV00003B/794